파란 눈
검은 머리

LES YEUX BLEUS CHEVEUX NOIRS
by Marguerite Duras

Copyright ⓒ Les Éditions de Minuit, 1986
Korean Translation Copyright ⓒ Munhakdongne Publishing Corp., 2020
All rights reserved.

This Korean edition was published by arrangement with Les Éditions de Minuit
through Sibylle Books Literary Agency, Seoul.

이 도서의 국립중앙도서관 출판예정도서목록(CIP)은
서지정보유통지원시스템 홈페이지(http://seoji.nl.go.kr)와
국가자료종합목록 구축시스템(http://kolis-net.nl.go.kr)에서 이용하실 수 있습니다.
(CIP제어번호: CIP2020026793)

파란 눈
검은 머리

Les yeux bleus cheveux noirs

마르그리트 뒤라스 *Marguerite Duras* 지음

김현준 옮김

문학동네

일러두기

1. 이 책은 Marguerite Duras, *Les yeux bleus cheveux noirs*(Paris: Les Éditions de Minuit, 1986/2014)를 번역 저본으로 삼았다.
2. 단행본·신문 등은 『 』, 논문·기사 등은 「 」, 영화·오페라 등은 〈 〉로 표시했다.

얀 앙드레아에게

차
례

파란 눈 검은 머리 __ 9

여름 어느 저녁녘이, 배우가 말한다, 이야기의 중심이라고
해볼 것이다.

바람 한 자락 없는. 어느새, 도시 앞에 펼쳐진, 열어젖힌 접
이문과 유리창들, 일몰의 붉은 밤과 정원의 어스름 사이, 호텔
데로슈의 로비.

안에는, 아이들과 있는 여자들, 그녀들이 여름 저녁녘에 대
해 이야기한다. 아주 드문 일이죠, 아마 계절에 서너 번 정도,
이조차 매년 그렇지도 않으니, 죽기 전에 만끽해야 해요, 신이
이토록 아름다운 저녁을 한 번이라도 더 누려도 된다고 해주

실지 아무도 모르니까.

밖에는, 호텔 테라스에 있는, 남자들. 그들의 말소리가 그
녀들, 로비에 있는 그 여인들의 말소리만큼이나 또렷하게 들
린다. 그들 역시 북부 해변에서 보낸 몇 번의 여름에 대해 이
야기하고 있다. 목소리는 어디서나 똑같이 엷고 비어 있다, 여
름 저녁의 예외적인 아름다움을 말하는.

호텔 뒤편 도로에서 로비 광경을 지켜보는 사람들 가운데,
한 남자가 발을 뗀다. 그는 정원을 가로질러 열려 있는 한쪽
창문으로 다가간다.
그가 도로를 건너기 전 아주 잠깐 사이, 단 몇 초의 일이다,
그녀가, 이야기의 여자가, 로비 안으로 들어선다. 그녀는 정원
을 향해 나 있는 문으로 들어왔다.
남자가 창가에 도착할 즈음, 그녀는 이미 거기 있다, 그에
게서 몇 미터 떨어져 다른 여자들 사이에.
가만 서 있는 그곳에서, 남자, 그가 아무리 그러고 싶었다
해도 그는 그녀의 얼굴을 볼 수 없었을 것이다. 마침 그녀가
로비에서 해변으로 나 있는 문을 향해 돌아서 있었기에.

그녀는 젊다. 그녀는 하얀 운동화를 신고 있다. 길고 유연한 그녀의 몸이, 이 햇볕 쨍한 여름 속 그녀 살갗의 하얀빛이, 그녀의 검은 머리가 보인다. 그녀의 얼굴은, 바다 쪽을 향해 있을 창에서 비쳐드는 역광으로만 볼 수 있을 것이다. 그녀는 하얀 반바지를 입고 있다. 허리께에는, 엉성하게 매여 있는, 검은 실크 스카프가. 머리에는, 보이지 않는 두 눈의 파랑을 짐작케 해줄 만한, 검푸른 헤어밴드가.

갑자기 호텔 안에서 누군가의 이름이 불린다. 누군지는 모른다.

누군가 기묘하고, 꺼림칙한, 동양권의 'a' 음에서 흐느낌으로 길게 늘어지는 모음 하나와 알아듣기조차 힘든 자음들로 만들어진, 예컨대 어떤 't' 음이나 'l' 음으로 만들어진 유리벽면 사이 그 모음의 진동이 만들어내는 울림의 이름 하나를 외친다.

외침의 목소리는 아주 또렷하고 아주 커서 사람들은 말하기를 멈추고 오지 않을 어떤 해명 같은 것을 기다린다.

외침이 있은 후 얼마 지나지 않아, 여자가 보고 있는 문, 호텔 위층으로 연결되는 그 문을 통해, 한 젊은 외국인이 이제

막 로비에 들어온 참이다. 파란 눈 검은 머리의 한 젊은 외국
인이.

젊은 외국인은 젊은 여자를 따라잡는다. 그녀처럼, 그는 젊
다. 그는 그녀처럼 키가 크다, 그녀처럼 그는 하얗다. 그가 멈
춘다. 그녀였다, 그가 놓쳤던 사람. 테라스로부터 반사되는 빛
이 그의 두 눈을 파랗게 물들여 섬뜩함을 자아낸다. 그가 그녀
에게 다가갈 때면, 그가 그녀를 되찾았다는 기쁨으로 가득한
것이, 그러나 또다시 그녀를 놓칠 수밖에 없다는 절망에 빠져
있는 것이 보인다. 그에겐 연인들의 하얀 낯빛이 있다. 검은
머리. 그가 운다.

누가 그 말을 외쳤는지는 모른다, 호텔의 어두운 구석들,
복도들, 방들로부터 울려온 소리가 들렸으리라 짐작되는 정
도를 제외하고는 누구도 어떤 말인지 알지 못했던 그 말을.

정원에서는, 젊은 외국인이 나타남과 동시에, 남자가 자신
도 왜 그러는지 이해하지 못한 채 로비 창문으로 다가갔다. 창
문 가장자리에 그의 두 손이 매달렸다, 손은 생을 잃은 듯하
다, 바라보려는 노력, 본다는 감정에 부식된 듯하다.

한 번의 손짓으로, 젊은 여자는 젊은 외국인에게 해변이 있는 쪽을 가리킨다, 그녀는 자신을 따라오게끔 그를 이끈다, 그녀가 그의 손을 잡는다, 그가 따로 거부하는 기색은 없다, 두 사람 모두 로비 창문에서 몸을 돌려 그녀가 가리켰던 방향으로 멀어진다, 석양을 향해.

그들은 바다 쪽을 향해 나 있는 문으로 나간다.

남자는 열린 창문 뒤에 그대로 있다. 그는 기다린다. 그는 그곳에 오래 머문다, 사람들이 떠나기까지, 밤이 오기까지.

이후 그는 정원을 떠나 해변을 지나간다, 그는 취한 사람처럼 비틀거린다, 그가 소리친다, 슬픈 영화 속 절망한 이들처럼 그가 운다.

그는 우아하고, 마르고, 키 큰 남자다. 이 순간 그가 살아내는 절망 속에는 눈물의 솔직함에 잠긴 시선과 너무 값비싸고 너무 예쁘장한 옷차림으로 사뭇 독특한 그의 매무새가 어려 있다.

저 정원 어스름 가운데 이 고독한 남자의 존재가 갑자기 풍경을 어둠으로 감싸고 로비에서 들려오는 여자들의 목소리를 나지막이 수그러뜨린다, 완전한 소멸에 이르기까지.

  그날 저녁에 이은 늦은 밤, 낮의 아름다움이 운명의 이면에
서와 같이 가혹하게 사라져버리고, 그들이 만난다.
  그가 바닷가에 있는 그 카페로 들어가면, 그녀는 몇몇 사람
과 함께 이미 거기에 있다.
  그는 그녀를 알아보지 못한다. 그녀가 파란 눈 검은 머리의
젊은 외국인과 함께 이 카페에 와 있는 것이 아닌 이상 그는
그녀를 알아보지 못할 것이다. 그 사람의 부재로 인해 그녀는
그에게 모르는 사람으로 있다.

  그가 테이블에 앉는다. 그에 비하면 그녀로서는 더욱이 그
를 본 적조차 없다.
  그녀가 그를 바라본다. 그러지 않을 수가 없다. 그는 외롭
고 아름답고 외로움에 초췌하며, 죽는 순간에 있는 누구나가
그러하듯이 외롭고 아름답다. 그가 운다.
  그녀에게 그는 태어나지 않은 것이나 마찬가지로 모르는
사람이다.
  그녀가 함께 있던 사람들 곁을 떠난다. 그녀는 방금 전에
들어와 울고 있는 그 사람의 테이블로 간다. 그녀는 그와 마주

보고 앉는다. 그녀가 그를 바라본다.

그는 그녀에게서 아무것도 보지 않는다. 테이블 위 그녀 손에 생기가 없다는 것도. 일그러진 웃음도. 그녀가 떨고 있다는 것도. 그녀가 한기를 느끼는 것도.

그녀는 이제껏 시내 길거리 어디에서도 그를 본 적이 없다. 그녀가 그에게 묻는다. 무슨 일이냐고. 그가 말한다, 아무 일도 없다고. 아무 일도. 걱정할 만한 것은. 목소리의 감미로움, 난데없이 영혼을 찢어버리고는 믿게 해줄 법한.

그는 울음을 멈출 수가 없다.

그녀가 그에게 말한다: 당신이 우는 걸 멈추게 해주고 싶어요. 그녀가 운다. 그는 정말 아무것도 원하지 않는다. 그는 그녀의 말을 듣지 않고 있다.

그녀가 그에게 묻는다, 죽고 싶은 거냐고, 죽고 싶다는 욕망, 그게 그가 가진 문제인 거냐고, 그럼 어쩌면 그녀가 그를 도울 수 있을지도 모른다고. 그녀는 그가 더 말하길 바란다. 그가 말한다, 아니요, 아무 문제도, 신경쓸 것 없다고. 그녀는 달리 할 수 있는 것이 없다. 그녀는 그에게 말을 건다.

—당신은 집에 돌아가지 않으려고 여기 있군요.

—그래요.

─집에, 당신 혼자인 거죠.

혼자, 그렇다. 그는 뭔가 할말을 찾는다. 그는 그녀에게 어
디에 사는지 묻는다. 그녀는 해변으로 이어지는 저 여러 길 중
한군데에 있는 어느 호텔에 머문다.

그는 듣지 않는다. 그는 듣고 있지 않았다. 그가 울음을 멈
춘다. 그가 말한다, 그는 누군가 다시 만나길 바라왔던 사람의
행방을 놓쳐버렸기에 지독한 상실감에 시달리고 있다고. 그
가 덧붙여 말한다, 이런 종류의 것들에, 이런 죽을 것만 같은
고통에 그는 자주 아파하곤 한다고. 그가 그녀에게 말한다:
곁에 있어줘요.

그녀는 있다. 아마도 침묵 때문에 그는 약간 거북한 듯하
다. 그가 그녀에게 묻는다, 의무적으로라도 말을 해야 한다는
생각이다, 그녀가 오페라를 좋아하는지. 그녀가 말한다, 그녀
는 오페라를 썩 좋아하는 것은 아니지만 칼라스는, 좋아해요,
많이. 어떻게 좋아하지 않을 수 있겠어요? 그녀는 마치 기억
을 잃어버렸다는 듯 천천히 말한다. 그녀가 말한다, 그녀는 까
먹곤 한다고, 베르디도 있고 또 그다음으로는 몬테베르디도
있다고. 당신도 알겠죠, 저이들은 오페라를 썩 좋아하지 않는
때가 되어서야 좋아지는 거예요─그녀가 말을 잇는다─더이

상 아무것도 좋아하지 않는 즈음이 되어서야.

그는 들었다. 그가 다시 울려 한다. 그의 입술이 떨린다. 베
르디라든가 몬테베르디라든가 하는, 두 사람 모두를 울게 만
드는 이름들.

그녀가 말한다, 그녀 또한 저녁이 너무 길고 너무 더울 때
면 이런저런 카페에서 저녁시간을 보내곤 한다고. 도시 사람
모두가 밖에 나와 있으면 방안에 틀어박혀 있기가 어려워요.
그녀도 혼자 외로워서요? 그렇죠.

그가 운다. 끝없다. 마냥 그런 것이다, 운다는 것은. 그는
더이상 아무 말도 하지 않는다. 그들은 더이상 서로에게 말을
걸지 않는다.

카페가 문을 닫을 때까지 그들은 그곳에 있다.

그는 바다를 마주하고 있으며 그녀는, 테이블 반대편, 그의
앞에서. 두 시간가량 그녀는 그를 보지 않으면서 그를 바라본
다. 때로 그들은 서로를 기억해내고, 눈물 사이로 서로에게 웃
음 짓는다. 그리고 나서 다시금 그들은 잊는다.

그가 그녀에게 묻는다, 그녀는 매춘부냐고. 그녀는 놀라지
않는다, 그녀는 웃지도 않는다. 그녀가 말한다:

—어떻게 보면요, 하지만 돈을 받지는 않아요.

그는 그녀가 카페 종업원으로 적을 두고 있다는 생각을 하

기도 했다. 아니에요.

　그녀는 열쇠를 만지작거리느라 그를 쳐다보지 않고 있다.

　그녀가 말한다: 저는 연극배우예요, 당신도 알 거예요. 그
는 그녀를 알아보지 못하는 것에 대해 양해를 구하지 않는다,
그는 아무 말도 하지 않는다. 그는 남들이 하는 말을 더는 아
무것도 믿지 않는 사람이다. 그는 그녀가 이를 파악하고 있다
고 생각하는 것이 틀림없다.

　카페가 문을 닫았다. 그들은 밖에서 다시 만났다. 그는 바
다 끝까지 밝게 밀려든 하늘을 보고 있었다. 수평선에는, 일몰
의 흔적이 아직 남아 있었다. 그는 여름에 대해, 유난히 온화
하던 이날 저녁에 대해 이야기했다. 그녀는 그것이 무슨 말인
지 모르는 기색이었다. 그녀가 그에게 말했다: 그 사람들 우
리가 우니까 문을 닫은 거예요.

　그녀가 그를 도시 안쪽 더 깊숙한 곳, 어느 국도변에 자리
한 술집으로 데려간다. 그리고 거기서 그들은 동이 틀 때까지
있는다. 바로 거기서, 그는 그녀에게 자신이 힘든 순간에 있다
고 말한다. 그녀가 말한다: 당신에게 주어진 마지막 순간에.
그녀는 웃지 않는다. 그가 말한다, 맞다고, 그런 셈이라고, 그

는 그렇다고 생각했다고, 그는 여전히 그렇다고 생각한다고. 그가 억지웃음을 웃어 보인다. 그가 그녀에게 다시 말한다, 시내에서 그는 자신이 다시 한번 만나길 바라왔던 누군가를 찾고 있었다고, 그가 울었던 건 그 때문이라고, 이제껏 알지도 못하던 한 사람을 다름 아닌 오늘 저녁 우연히 보게 됐고 그는 그가 오래전부터 기다려온 사람이었으며 그러니 그의 생에서 어떤 값을 치르더라도 다시 만나고 싶은 사람이라고. 자기는 그런 종류의 사람이라고.

그녀가 말한다: 희한하네요. 그녀가 덧붙여 말한다:

—그래서 내가 당신한테 말을 걸었거든요, 그러니까 내 생각엔, 그 절망 때문에요.

그녀가 웃는다, 그런 단어를 쓴 것에 당황한 얼굴로. 그는 이해하지 못한다. 그런데 처음으로 그가 그녀를 바라보고 있다. 그가 말한다: 당신 울고 있어.

그가 그녀를 더 자세히 바라본다. 그가 말한다:

—당신 피부가 정말 하얘요, 바닷가에 이제 막 왔다고 해도 될 정도로.

그녀가 말한다, 자기 피부는 햇볕에 잘 타지 않는다고, 이런 피부도 있다고—그녀는 뭔가 다른 것을 말하려 하지만 막상 말을 꺼내지는 않는다.

파란 눈 검은 머리 19

그는 그녀를 아주 주의깊게 바라본다. 그는 더 잘 기억해내려고 그녀를 보고 있다는 사실조차 잊어버린다. 그가 말한다:

—신기해요. 전에 당신을 만났던 것만 같아요.

그녀는 생각해본다. 이번에는 그녀가 그를 바라본다. 그녀는 어디서 또 언제 그런 일이 있을 수 있었을까 기억을 더듬어본다. 그녀가 말한다:

—아니요. 아무래도 오늘밤 이전에 당신을 본 적은 없어요.

그는 다시 하얀 피부로 화제를 돌리고, 그런 식으로 하얀 피부는 눈물의 이유를 찾으려 들기 위한 하나의 구실이 될 수도 있을 것이다. 하지만 아니다. 그가 말한다:

—그건 늘 어느 정도…… 늘 어느 정도는 무서운 거예요, 당신 눈처럼 그렇게 파란 눈은…… 아니 어쩌면 그건 당신 머리가 너무 검어서……

누군가 그녀의 눈에 대해 말하는 것은 그녀에게 그저 익숙한 일일 것이다. 그녀가 대답한다:

—검은 머리와 금발머리는 눈의 파랑을 다르게 만들죠, 마치 머리색에서 비롯되는 것 같달까요, 눈의 색이 말예요. 검은 머리는 눈을 인디고블루로 만들어요, 약간 비극적으로도 만들죠, 진짜 그래요. 반면에 금발머리는 파란 눈을 좀더 노란

빛깔로, 좀더 회색 빛깔로 물들여요. 그건 무서움을 자아내지 않죠.

그녀가 말한다. 아마 조금 전 그녀가 말하려다 말던 것을:

—나는 눈 안에 그런 종류의 파랑을 가진 누군가를 만났어요. 시선의 중심이 느껴지지 않았어요. 그게 어디서 생겨 오는지도, 마치 그 파랑 전체가 한덩어리로 쳐다보는 것 같았죠.

그는 문득 그녀가 보인다. 그는 그녀가 그녀 자신의 눈을 묘사하는 것을 본다.

그녀가 운다, 불쑥 떠밀려나왔다. 너무도 격렬한 오열이, 솟구치는 것이, 그녀가 울어낼 힘조차 없는 것이.

그녀가 말한다:

—미안해요, 무슨 죄라도 지은 것 같네요, 죽고 싶어.

그는 무섭다, 그녀가 그를 떠날까봐 그녀도 그럴까봐, 그녀가 도시 속으로 사라져버릴까봐. 하지만 아니다, 그녀는 그의 앞에서 울고 있다. 그녀의 눈 숨김없이 드러나 눈물에 잠긴 채. 그녀를 벌거벗기는 눈.

그가 그녀의 손을 잡는다, 그는 그 손을 자기 얼굴에 갖다 댄다.

그가 그녀에게 묻는다, 그녀를 울게 하는 것이 파란 눈이냐고.

　그녀가 말한다, 맞아요, 네, 그렇게 돼버린 셈이라고, 그렇다고 할 수 있다고.

　그녀는 그가 손을 가지고 그렇게 하도록 내버려둔다.

　그가 묻는다, 그게 언제였느냐고.

　오늘.

　그는 그녀의 손에 입을 맞춘다, 마치 그녀의 얼굴에, 그녀의 입술에 하듯이.

　그가 말한다, 그녀에게서 담배 연기가 밴 은은하고 달콤한 향이 난다고.

　그녀는 그에게 입을 내밀어 키스한다.

　그녀가 그에게 말한다, 그는 그에게 키스하는 거라고, 그 사람, 그 모르는 남자에게, 그녀가 말한다: 당신은 키스하는 거예요, 그의 벗은 몸에, 그의 입술에, 그의 온 피부에, 그의 눈에.

　그들은 아침까지 그 여름밤의 죽을 것만 같은 고통으로 운다.

어둠이 객석에 드리운다고 해볼 것이다, 극이 시작될 것이다.

무대, 배우가 말할 것이다. 그곳은 어떤 응접실과 같은 식으로, 안락하며 자못 사치스러운, 거무스름한 마호가니로 제작된 영국식 가구를 근엄하게 갖춘 곳이라고 해볼 것이다. 의자 몇 개, 테이블 몇 개, 얼마 되지 않는 안락의자 몇 개가 있을 것이다. 테이블 위에는 램프들이, 상당히 많은 수의 똑같은 책들이, 재떨이, 담배, 유리잔, 물병 들이 있을 것이다. 테이블마다 두세 송이 장미로 만든 꽃묶음이 있을 수도 있다. 방치된 장소 같을지도 모르지만 당장으로서는 장례에 마련된 곳이라고 해볼 것이다.

조금씩, 어떤 냄새가 퍼져갈 것이다. 그것은 원래 여기에 쓰여 있는, 향香과 장미의 냄새였을 수도 있지만, 지금은 모래먼지의 냄새 없는 냄새가 되었을 것이다. 그 냄새가 처음 생겨난 때부터 사실상 많은 시간이 지나버렸다고 추정해봄직하다.

무대배경에 대한, 색정적인 냄새에 대한 묘사, 가구들

에 대한, 거무스름한 마호가니에 대한 묘사는, 이야기가 전개될 때와 같은 어조로 배우들에 의해 낭독되어야 할 것이다. 비록 작품이 상연될 각기 다른 극장에 따라 이 무대배경의 요소들이 여기서 이루어진 발화와 일치하지 않는다 하더라도, 발화는 변함없이 유지될 것이다. 이 경우, 냄새와 의상과 색상이, 글과 말의 값과 말의 형식에 따르도록 만드는 것은 배우들의 몫이겠다.

문제는 늘 이 장례에 마련된 장소, 모래먼지, 거무스름한 마호가니일 것이다.

그녀가 자고 있다고 해볼 것이다, 배우가 말한다. 그녀는 그런 것처럼, 자고 있는 것처럼 보일 것이다. 그녀가 빈방 한가운데, 맨바닥에 펼쳐진 몇 장의 하얀 시트 위에 있다.

그는 그녀 가까이 앉아 있다. 그는 간혹 그녀를 쳐다본다.

이 방안에는 심지어 의자조차 없다. 분명 그가 시트 몇 장을 가져왔을 것이고, 이어 하나씩 하나씩, 문을 또 그다음 문을, 집안의 다른 방으로 통하는 문들을 닫아버렸을 것이다. 이 방은 바다와 해변을 향해 있다. 정원은 없다.

그는 노란빛 샹들리에는 거기 그대로 두었다.

시트와, 문과, 빛을 가지고 자신이 했던 그런 것들의 이유를 그는 뚜렷하게 알지 못함이 분명하다.

그녀는 자고 있다.

그는 그녀를 모른다. 그는 잠, 펼쳐진 손, 여전히 낯선 그 얼굴, 가슴, 미모, 감긴 눈을 본다. 그가 다른 방들의 문을 열어두었더라면, 아마 그녀는 보러 다녔겠지. 그는 틀림없이 그런 생각을 되뇌고 있었을 것이다.

그는 편안하게 늘어진 다리를 본다. 팔이, 가슴이 그렇듯 그것은 매끄럽다. 호흡은 고르고, 산뜻하며, 길다. 관자놀이 살갗 아래 고요하게, 잠으로 느려진, 맥동하는 피의 흐름.

샹들리에에서 떨어지는 중앙의 저 노란 불빛을 제외하면, 방은 어둡고, 둥글고, 말하자면 밀폐되어, 방을 둘러싼 벽면 어디에도 틈 하나 없다.

그녀는 여자다.

그녀는 자고 있다. 그러는 척하고 있는 듯하다. 알기 어렵다. 전반적으로 잠에 매인 모습, 눈도, 손도, 마음도. 몸은 완전히 곧게 뻗어 있지 않다, 약간 측면으로, 남자 쪽으로 쏠려 있다. 몸매는 부드럽다, 이음매가 보이지 않는다. 말들이 입으로 온다. 가려 감추는 피부 아래 형체의 무너짐으로부터 오는 말들이.

입은 가볍게 반쯤 열려 있다. 맨입술이다. 바람을 맞아 갈라져 있다. 오느라 걸었을 것이고 어느새 날씨는 춥다.

이 육체가 잠을 잔다는 것이 그것에 어떠한 생명도 없음을 의미하지는 않는다. 그 반대다. 누군가 바라볼 때면 이 육체는 잠 너머로도 이를 의식할 정도다. 남자가 빛의 영역으로 들어서는 것만으로도 갑작스러운 움직임이 그 몸을 가로지르고, 두 눈이 열리고, 눈은 관찰하게 되는 것이다. 불안한 시선의, 그 두 눈이 남자를 알아볼 때까지.

동틀 무렵 국도 위에서 두번째 카페가 문을 닫던 때 그는 그녀에게 말했었다. 그는 자기 곁에서 한동안 잠을 자줄 젊은 여자를 찾고 있었다고. 미쳐버릴까봐 무서웠다고. 그는 그 여자에게 돈을 내고 싶었다고. 자기 생각은, 여자들에게 돈을 내야만 그녀들이 남자들이 죽지 않게, 미쳐버리지 않게 해주리라는 것이었다고. 그는 여전히 울고 있었다. 그의 존재 자체였던 피로로 완전히 소진된 채. 여름은 그를 두렵게 했다. 여름 속 그들의 고독, 해수욕장이 연인들로, 여자들과 아이들로 가득하던 때, 공연장, 카지노, 길거리, 어디에서나 그들이 조롱

당하던 때.

　낮의 혹독한 빛 속에서, 그녀가 처음으로 그를 본다.

　그는 우아하다. 바로 이 순간 그가 살아내는 절망 속에는,
너무 값비싸고, 너무 예쁘장한 여름 옷가지의 매무새가, 그 기
다란 몸이, 옷차림을 잊게 만드는 눈물의 솔직함에 잠긴 그 시
선이 어려 있다. 그의 손은 매우 하얗다, 그의 피부는. 그는 말
랐고, 키가 크다. 그녀처럼, 일찍이 학교 다닐 때부터 그는 운
동을 잘했음직하다. 그가 운다. 눈가에 남아 있는 파란색 아이
섀도의 흔적.

　그녀가 그에게 말한다, 돈 주고 사는 여자라는 건 결국 아
무도 없는 것과 마찬가지일 거라고. 그가 말한다, 그는 확실히
그런 식의 여자를 원한다고, 그에 대한 사랑이 없는, 육체 외
에는 아무것도 아닌.

　그는 그녀가 곧바로 오는 것을 바라지 않았었다. 삼 일 뒤
에요, 그는 말했었다, 정리하는 데 필요한 시간이라.

　그는 조심스럽게 그녀를 맞아들였다, 어찌 보면 일종의 냉
담함으로, 여름인데도 그의 손은 얼음장이었다. 그는 떨고 있

었다. 그는 파란 눈 검은 머리의 젊은 외국인처럼 하얀 옷을 입고 있었다.

그는 그의 성도 그의 이름도 알아서는 안 된다고 했다. 그는 아무것도 말하지 않았고, 그녀는 아무것도 묻지 않았다. 그는 그녀에게 주소를 건네주었다. 그녀는 그곳을, 그 집을 알고 있었다. 그녀는 이 도시를 잘 알고 있었다.

기억은 혼란하고, 고통스럽다. 그것은 모욕적인 부탁이었다. 그러나 혹시라도 그녀가 쭉 있어줄지도 모르기에, 그럼에도 불구하고 해야 했던 것이다. 그는 떠올려본다, 카페 안에서의 그녀를, 그 다른 여자를, 목소리의 육체적인 감미로움을, 하얀 얼굴 위 눈물의 흘러내림을. 다른 누군가로 착각할 만큼 파란, 두 눈을. 두 손을.

그녀는 자고 있다. 그녀 옆에, 바닥에, 정방형의 검은 실크 천 하나가 있다. 그는 이것이 어디에 쓰일 수 있는지 그녀에게 묻고 싶었으나 이내 단념하고, 그것은 보통 밤에 빛으로부터, 또 여기서는 샹들리에로부터 떨어져 하얀 시트에 반사되는 저 노란 빛으로부터 눈을 보호하기 위한 것이리라고 생각해본다.

그녀는 자신의 옷가지를 벽 가까이 내려놓았다. 하얀 운동화, 똑같이 하얀 면 소재의 옷들, 검푸른 헤어밴드 하나가 있다.

그녀가 잠에서 깬다. 그녀는 무슨 일이 일어난 것인지 당장은 이해하지 못한다. 그는 땅바닥에 앉아 있다, 그가 그녀를 바라본다, 그녀의 얼굴로 몸을 살짝 기울인 채. 그녀는 방어적인 자세를 취하지만, 그래봤자 어설프게, 그저 한쪽 팔로 두 눈을 가리는 정도다. 그는 그걸 본다. 그가 말한다: 나는 당신을 바라볼 뿐, 다른 건 없어요, 무서워하지 말아요. 그녀가 말한다, 놀라서 그런 거지, 무서운 건 아니라고.

그들은 서로에게 미소 짓는다. 그가 말한다: 내게 당신이라는 습관은 없어요. 그는 화장한 얼굴이다. 그는 검은 옷을 입고 있다.

눈 속에는, 미소와, 거기 뒤섞인, 절망에 잠긴 슬픔이, 여름 저녁녘의 눈물이 있다.

그녀는 아무것도 묻지 않는다. 그가 말한다:

—나는 당신 몸을 만질 수 없어요. 달리 당신에게 말할 수 있는 것이 없다고요. 나는 할 수 없다, 그건 나보다 더, 내 의

지보다도 더 강력한 거예요.

　그녀가 말한다, 해변의 그 카페에서 그를 만났을 때부터 그녀는 그걸 알고 있었다고.

　그녀가 말한다, 그녀, 그녀는 파란 눈의 남자, 그녀가 그 카페에서 그에게 말했던 그 남자에 대한 욕망으로 가득하다고, 오로지 그를 향한 욕망에 매여 있어, 그런 건 오히려 아무래도 상관없다고.

　그가 말한다, 그는 어찌되든 두 손으로 몸을 쥐어보고 싶다고, 물론 쳐다보지 않으면서, 여기서 시선이 할 수 있는 일은 아무것도 없으니까. 그는 그렇게 한다, 맹인이 되어 그 몸에 자기 손을 얹는다, 그가 가슴을, 엉덩이를 움킨다, 맨살을 드러낸 피부에 찬기가 감돌고 있다, 그는 몸 전체를 난폭하게 밀쳐 쓰러뜨리더니, 일종의 밀어내는 동작으로, 맥없이 때리는 손짓으로 몸을 뒤집어, 바닥에 엎드린 자세로 만든다. 자신의 폭력성에 놀라 그가 동작을 멈춘다. 그가 손을 거둔다. 그는 더이상 움직이지 않는다. 그가 말한다: 안 되겠어요.

　그녀 또한 마치 쓰러져 넘어진 양 바닥에 엎드린 채 가만히 있는다. 그녀가 몸을 일으키는데도, 그는 그대로 그곳에 있다, 그녀 위에, 붙박인 채. 그는 울지 않는다. 그는 이해가 되지 않는다. 그들은 서로를 바라본다.

그녀가 묻는다:

—이런 적 한 번도 없었나요?

—한 번도요.

그녀는 그의 삶 어디에서 이런 불능이 비롯하는지 아느냐고 묻지 않는다.

—여자랑은 단 한 번도 없었다, 당신 말은 그거죠.

—맞아요. 단 한 번도.

목소리의 감미로움에는 단호한 어조가 있다.

그녀가 다시 말한다, 웃는 투다:

—나한테는 욕망이 전혀 없다.

—전혀요. 다만—그는 주저한다—그 카페에서 당신이, 당신이 사랑했던 그 남자에 대해, 그의 두 눈에 대해 말하던 때를 빼면요, 그걸 말하는 동안 나는 당신을 욕망했어요.

그녀가 얼굴 위로 검은 실크천을 펼친다. 그녀는 떨고 있다. 그가 용서해달라고 말한다. 그녀가 말한다, 그건 아무것도 아니라고, 그건 그저 그 말, 여기서, 이 방안에서, 소리내어진 것이라고. 그녀가 또한 말한다, 사랑은 당연히 이런 식으로 올수도 있는 거라고, 누군가 모르는 사람에 대해 그의 두 눈이 어땠는지 말하는 것을 듣는 그런 식으로. 그녀가 말한다:

—다른 식으로는 전혀 안 되나요? 의심할 여지도 없는 건가요?

　—전혀요.

　—어떻게 그렇게까지 확신하죠?

　—어째서 그렇게까지 내게 그런 확신이 없길 원하죠?

　그녀가 그를 바라본다, 그가 없는 동안 그의 사진을 바라보기라도 하듯이. 그녀가 말한다:

　—다른 식으로는 되지 않으니까요.

　그녀는 그렇게 붙박인 시선으로 그를 다시 바라본다. 그녀가 말한다:

　—이해할 수 있는 것도 아니고.

　그녀가 그에게 묻는다, 어차피 죽을 때까지 그냥 그대로일 거라 확신하면서 왜 지금 처해 있는 곳이 아닌 다른 곳을 찾으려는 거냐고. 그는 왜 그런지 정말 잘 모른다. 그는 애써본다.

　—사연 하나 정도 가지고 싶어서랄까. 그런 이유에서도 마찬가지로 다른 식으로는 되지 않아요. 아무 일 아니더라도.

　—그렇죠, 늘 잊어버리는 거죠. 하나의 사연을, 이를테면 이야기 하나를 쓰는 일과 같은 것을. 더불어, 그 중심에서, 책을 만들어내는 이런 차이도.

그녀가 다시 말을 하기까지 시간이 길다. 그녀는 마음이 다른 데 가 있다, 오랫동안, 혼자. 그 없이, 그는 그걸 안다. 그녀가 거듭 말한다:

—그러니까, 여자한테는 욕망을 가져본 적이 없었던 거네요.

—전혀요. 하지만 그런 욕망을 가질 수도 있다는 걸 이해하게 되는 경우가 있죠—그가 웃는다—누구나 잘못 생각할 수도 있다는 걸.

어떤 감정의 동요가 인다. 그녀는 필경 그 감정이 무엇인지 잘 알지 못하는 것 같다, 그것이 되풀이되는 어떤 두려움인지, 이번에는 그 두려움보다도 훨씬 강력한 무엇인지, 아니면 자신이 지금 살아내고 있다는 사실조차 몰랐던 어떤 기다림의 표출인지. 그녀가 방을 둘러본다, 그녀가 말한다:

—기분이 묘해요, 마치 내가 어딘가에 다다랐다는 느낌이에요. 언젠가부터 늘 그러길 기다려왔던 것처럼.

그가 그녀에게 묻는다, 방에 오는 것을 왜 받아들였느냐고. 그녀가 말한다, 모든 여자가 왜인지 알지 못하면서도 이 하얗고 절망적인 결합을 받아들였을 거라고. 그녀는 그런 여자들과 같다고, 왜인지 알지 못한다고. 그녀가 묻는다: 무슨 말인지 그가 좀 알긴 할까요?

그가 말한다, 그는 여자를 떠올려본 적이 없다고, 그는 누군가가 사랑할 수 있는 대상을 생각하듯 여자를 생각해본 적이 전혀 없다고.

그녀가 말한다:

—끔찍한 일이네요. 당신을 알기 전이었다면 아무래도 믿지 못했을 거예요.

그가 묻는다, 그것이 신의 존재를 믿지 않는 것만큼이나 끔찍하냐고.

그녀는 그렇다고 생각한다. 무섭게 하는 것은 끝없이 자기 자신에 처해 있는 남자라는 사실이다. 그러나 분명 그곳이 절망을 살아내기에 가장 좋은, 가장 쉬운 곳일 것이다, 절망하고 있음을 모르는 그 후손 없는 남자들과 함께.

그가 그녀에게 묻는다, 집을 떠나고 싶지 않느냐고. 그녀는 그에게 미소를 지어 보인다, 그녀가 말한다, 아니라고. 대학에서 담당해온 강의가 다시 잡히지 않았다고, 여기 한동안 있어도 될 만큼은 시간이 있다고. 고마워요, 그녀가 말한다, 하지만 괜찮아요. 그리고, 돈도요, 거기에 관심이 아예 없는 것도 아니니까.

   그녀가 도착한다, 시트를 집는다, 그녀는 그것을 방의 어둑한 쪽으로 가져간다. 그녀는 그 안에 몸 전체를 말아 감고는 거기 누워 잔다, 벽에 붙어, 바닥에서. 늘 피곤에 지친 채.
   그는 그녀가 같은 동작, 같은 실수를 하는 것을 유심히 바라본다. 그는 그녀가 틀리도록 내버려둔다. 그러고서는, 나중에, 그녀가 잠들어 있을 때에서야, 그녀에게 그것을 말한다.
   그가 그녀에게 간다, 시트를 풀어 벗긴다, 그는 그 안에서 잠을 자느라 뜨거워진 그녀를 발견한다. 그때 비로소 그는 그녀에게 방 중앙의 불빛으로 와야 한다고 말한다. 아마 그녀는 그가 원하는 것, 그건 무엇보다도 그녀가 틀리는 것이라 여길지도 모른다. 그런 뒤에 그녀가 해야 할 것을 그녀에게 상기시켜주어야 한다는 이유로.
   그녀가 눈을 뜬다. 그녀는 그를 바라본다. 그녀가 묻는다: 당신은 누구죠? 그가 말한다: 기억해봐요.
   그녀는 기억을 떠올린다. 그녀가 말한다: 당신은 바닷가의 그 카페에서 죽어가던 사람이군요. 그가 그녀에게 다시 한번 말한다, 그녀는 불빛 아래로 가야 한다고, 계약에 들어 있던 거라고. 그녀는 여전히 어안이 벙벙하다. 그녀, 그녀는 그가 그녀를 꼭 보지 않더라도 다만 그녀가 거기 있음을 아는 것이 그에게 더 좋은 것이라 생각했다. 그는 대답하지 않는다. 그녀는 그렇게 한다, 불빛 아래로 간다.

그렇지만 앞으로 몇 번이고 거듭 그녀는 벽에 딱 붙어서 잠을 자러 갈 것이다. 시트에 칭칭 감긴 채. 그리고 그때마다 매번 그는 중앙의 불빛으로 그녀를 다시 데려올 것이다. 그녀는 그가 그녀를 다시 데려가도록 내버려둔다. 그녀는 그가 말한 대로 한다, 시트 밖으로 나와 불빛 아래서 잠을 청한다.

아무래도 그는 알지 못할 것이다, 그녀가 정말로 잊어버린 것인지, 아니면 그것이 그녀가 그에게 맞서 내보이는 모종의 저항이자, 다가올 나날들, 그게 어떤 것일지 그들로서는 아직 아무것도 모르는 그런 나날들을 대비해 그의 행동에 가하는 어떤 제한인지.

그녀가 당혹스러운 모습으로, 불안한 모습으로 눈을 뜨는 일이 종종 있을 것이다. 그때마다 그녀가 물어보는 것, 그것은 이 집은 무슨 집이냐는 것이다. 그, 그는 그 질문에 대답하지 않는다. 그가 말한다, 밤이라고, 겨울이 오기 전, 그러니까 아직 가을이라고.

그녀가 묻는다: 무슨 소리가 들리는 거죠?

그가 말한다: 바다요, 저기, 방 벽 뒤쪽에. 그리고 나는, 올여름 어느 저녁 바닷가의 그 카페에서 당신이 찾아냈던 사람이에요. 그리고 돈을 줬던 사람.

그녀는 알고 있다, 하지만 그녀는 자기가 왜 이곳에 있는지 기억이 잘 나지 않는다.

그녀가 그를 바라본다, 그녀가 말한다: 당신 절망에 빠져 있던 바로 그 사람이군요. 기억이 잘 안 난다는 생각이 들지 않으세요? 그는, 갑자기, 그 역시 기억이 잘 안 난다는 생각이, 기억한다 해도 가까스로 그럴 뿐이라는 생각이 든다. 그나저나, 절망한 건 왜였죠? 그들은 문득 서로가 서로를 바라보고 있음을 깨닫는다. 아니 불현듯 마주보고 있음을. 그들은 서로를 본다, 페이지 위의 말이 중단되기까지, 시선이 떨어져나가고 눈이 감기는 그런 마주침이 있기까지.

그녀는 그가 잃어버린 그 연인을 어떻게 사랑하게 되었는지 듣고 싶다. 그가 말한다: 제 힘을 넘어, 생을 넘어. 그녀는 더 듣고 싶다. 그는 되뇐다.

그녀가 검은 실크천으로 얼굴을 다시 덮는다. 그는 그녀 곁에 눕는다. 그들의 몸은 어디 하나 닿지 않는다. 하나같이 움직임이 없다. 그녀가 그의 목소리로 그의 말을 따라 한다: 제힘을 넘어, 생을 넘어.

갑자기 벌어지는 일이다. 똑같은 목소리로, 똑같이 느린 속도로. 그가 말한다:

—그가 나를 바라봤어요. 그는 로비 창문 뒤에 내가 있다는 걸 알아차리고는 몇 번이고 다시 나를 바라봤죠.

그녀는 노란 불빛 아래 앉아 있다. 그에게 놓인 시선, 그녀는 듣고 있다. 그녀는 그가 무슨 말을 하는지 알지 못한다, 전혀. 그가 계속해서 말한다:

—그가 한 여자를 따라잡았어요. 그 여자는 그에게 손으로 신호를 보냈죠. 그걸 좇아오라는 식으로. 거기서 바로 나는 그가 로비에서 나가고 싶어하지 않는다는 것을 알았어요. 그녀가 그의 팔을 붙잡았고 그렇게 그를 데려갔어요. 남자라면 절대 그렇게 하지는 않았을 거예요.

목소리가 달라졌다. 예의 느림이 사라졌다. 말하는 이는 더이상 아까와 같은 남자가 아니다. 그가 소리를 지른다. 그가 그녀에게 말한다, 그는 그녀가 하듯이 그런 식으로 자기를 바라보는 것을 견디기 힘들다고. 그녀는 더이상 그를 바라보지 않는다. 그가 소리친다, 그는 그녀가 눕는 것을 원치 않는다, 그는 그녀가 가만히 서 있길 원한다. 그녀는 이 이야기를 다 듣게 될 때까지 나가지 않을 것이다. 그가 이야기를 이어간다.

그, 그는 그가 따라잡았던 그 여자의 얼굴을 보지 못했다, 그녀는 그 젊은 외국인 쪽으로 몸을 돌리고 있었다. 그녀, 그녀는 누군가 그들을 바라보며 거기 있다는 것을 전혀 몰랐다. 그녀는 밝은 톤의 드레스를 입고 있었어요, 네 맞아요, 하얀.

그가 그녀에게 듣고 있냐고 묻는다. 그녀는 듣고 있다, 확실히 그랬다.

그가 이야기를 계속한다:

—그녀가 그를 불렀어요, 다른 것보다 그가 그토록 집요하게 나를 쳐다보고 있었으니까요. 소리쳐야만 했겠죠, 그가 기어이 나한테서 몸을 돌려 멀어지게 하기 위해서는. 뭘 해볼 겨를도 없이 우리는 헤어지게 됐어요. 두 사람은 로비에서 해변으로 나 있는 문으로 사라졌어요.

그는 울음을 억지로 참고 있다. 그가 운다.

그가 말한다:

—나는 그를 찾으러 해변에 갔어요, 내가 뭘 하고 있는지

더이상 알 수 없었죠. 그러고 나서 정원으로 돌아왔어요. 밤이 올 때까지 기다렸어요. 로비의 불이 꺼졌고 나는 그때서야 떠났어요. 바닷가에 있는 그 카페로 갔어요. 늘 그렇듯이 우리네 사연은 짧아요, 난 그걸 느껴본 적이 없었던 거죠. 이미지는 여기 있어요—그는 그의 머리를, 그의 심장을 가리켜 보인다—붙박인 채. 나는 그것을 잊지 않기 위해 당신과 함께 나를 이 집에 유폐시켰어요. 이제 당신이 진실을 알아요.

그녀가 말한다: 처참해요, 무슨 얘기가 그렇게까지.

그가 그의 아름다움을 말한다. 눈을 감으면, 지금도 그는 완벽하게 존재하는 이미지를 다시 볼 수 있다. 그는 다시 본다, 일몰의 붉은빛과 그 빛 속에서 파란빛을 띠며 두려움을 자아내는 그의 두 눈을. 그는 다시 본다, 연인들의 하얀 낯빛을. 검은 머리를.

어느 순간 누군가 소리를 질렀다, 하지만 그 외침이 있던, 바로 그 순간에 그는 아직 그를 보지 못한 채로 있었다. 그래서 그는 소리를 지른 사람이 그였는지 아닌지 모른다. 하물며 그는 소리지른 사람이 남자였는지도 확신하지 못한다. 그는 로비에 모여든 사람들을 쳐다보느라 정신이 없었다. 그러다 갑자기 그 외침이 울려온 것이다. 아니, 다시 생각해보니, 그 외침은 로비에서 울려온 것이 아니라 훨씬 더 먼 곳으로부터 울려온 것이었다. 그것은 온갖 종류의 메아리, 과거의, 욕망의 메아리로 가득했다. 소리를 지른 사람은 틀림없이 어느 외국인이었을 것이다. 젊은 남자, 장난으로 또 어쩌면 겁을 주려고. 그러고 나서 여자가 그를 데려갔던 것이다. 그는 시내와 해변을 뒤지고 다녔다. 그는 그를 다시 찾아내지는 못했다. 아무래도 그 여자가 그를 멀리 데려가버린 듯했다.

그녀가 다시금 그에게 묻는다: 돈은 왜죠?

그가 말한다: 값을 치르기 위해서요. 내가 그러기로 한 만큼 당신의 시간을 내 마음대로 쓰기 위해서요. 언제든 내가 원할 때 당신을 돌려보내기 위해서요. 그리고 당신이 순종할 것인지 미리 알아보려고요. 내 사연들을, 내가 지어낸 이야기들뿐만 아니라 진짜 있는 이야기들을 듣는 일에. 그녀가 말한다: 또한 휴면중인 성기 위에서 잠을 자기 위해. 그녀가 책의 문장을 끝맺는다: 그리고 또 때때로 거기서 울기 위해.

그가 검은 실크천은 무엇에 쓰이는 것이냐고 묻는다. 그녀

가 말한다:

　　—검은 실크천, 그건 검은 자루처럼, 사형수들의 머리를
넣게 될 곳이죠.

　　책의 낭독이 들리는 소리는, 배우가 말한다, 늘 일정해
야 한다고 해볼 것이다. 침묵과 침묵 사이로 텍스트의 낭
독이 이루어짐과 동시에, 배우들은 그 소리에 비끄러매
이게 될 것이다. 그리고 바로 이어지는 숨결에, 움직임이
멎게 될 것이다. 마치 말의 단순성을 통해 차츰, 잇따라
하나씩, 늘 더 멀리 이해해야 할 무언가가 있다는 듯이.

　　배우들이 이야기 속 남자를 쳐다본다고 해볼 것이다,
때로는 관중을 쳐다볼 수도 있다. 이따금 그들은 또한 이
야기 속 여자를 쳐다볼 것이다. 그러나 이는 결코 우연히
일어나는 일이 아닐 것이다.

　　이야기 속 여자를 향한 배우들의 이 비非시선이 감지
될 필요가 있을 것이다.

　　남자와 여자 사이에서 뜻밖에 일어날 수 있었을 사건
들은 무엇 하나 제시되지 않을 것이고, 무엇 하나 연기되

지 않을 것이다. 책의 낭독이 그러므로 자연히 이 이야기의 연극으로 보여질 것이다.

어떤 특별한 감정도 낭독의 이러저러한 대목에 맞춰 드러나는 일이 없도록 해야 할 것이다. 마찬가지로 어떠한 제스처도. 단지, 말의 적나라한 폭로 앞에서의 감정뿐.

남자들은 하얗게 입고 있을 것이다. 여자는, 나체다. 그녀가 검은색 차림의 옷을 입게 해보자는 구상은 폐기되었다.

그녀가 그에게 말한다, 그녀는 밤에 해변을 따라 자취를 감추는 사람들과 다르지 않다고. 그는 살짝 몸을 뒤로 뺀다, 그녀가 그에게 들려주는 것을 의심이라도 하듯이. 그러고 나서 그는 그녀에게 말한다, 그는 그녀를 믿는다고. 그가 묻는다: 그쪽을 왕래하는 일이 아닌, 그 사랑이 아닌 그녀는 누구죠? 그쪽을 왕래하는 일이 아니라면, 방안에서의 존재가 아니라면 그녀는, 누군가요?

그녀가 검은 실크천을 얼굴 위로 드리운다. 그녀가 말한다: 나는 작가예요. 그는 그녀가 웃고 있는 것인지 알 수 없다. 그는 묻지 않는다.

　그들은 침묵한다, 똑같이 어떤 딴마음을 두고 생각에 잠긴
다. 그들은 답을 기대하지 않고 묻는다. 그들은 외따로 말을
한다. 그는 그녀가 말하길 기다린다. 그는 그녀의 목소리가 좋
다, 그는 그것을 그녀에게 말한다, 누가 말할 때마다 그가 늘
듣는 것은 아니지만, 그녀라면, 들어요, 그는 늘 그녀의 목소
리에 귀를 기울인다. 그가 그녀에게 방으로 와달라고 하게 만
든 것도 다름 아닌 그녀의 목소리였다.

　그녀가 말한다, 언젠가 그녀는 이 방에 관한 책을 한 권 쓸
텐데, 그녀는 그곳이 실수로 생겨난, 상식적으로는 살 만하지
않은, 지옥 같은 어떤 곳, 폐쇄된 어느 극장의 무대와 같다고
생각한다고. 그가 말한다, 그는 가구들을, 의자나 침대, 개인
적인 물건 따위를 치워버렸다고, 믿지 않아서, 그는 그녀를 알
지 못했고, 혹시라도 그녀가 훔쳐가버릴지도 모르는 일이니
까. 그는 곧 다시 말한다, 지금은 그 반대라고, 자는 동안 그녀
가 떠날까봐 내내 겁이 난다고. 자신과 함께 이 방에 갇혀 있
는 그녀와 함께라면 그는 그와, 파란 눈 검은 머리의 그 사랑
하는 사람과 완전히 헤어지지 않는 것이다. 그는 바로 이 방안
에서, 극장의 이 빛과 더불어, 그녀보다도 훨씬 이전부터 비롯

된, 그가 형벌처럼 견뎌낸 유년시절의 숱한 여름에서부터 비롯된, 그 사랑의 시작을 찾아야만 한다고 생각한다. 이유는 모른다.

　방의 침묵은 깊다, 아무 소리도 더는 와닿지 않는다, 도로에서도, 도시에서도, 바다에서도. 밤은 제 끝에 있다, 어디서나 투명하고 검다, 달은 사라졌다. 그들은 겁이 난다. 그는 땅에 눈을 떨구고, 이 소름끼치는 침묵을 듣는다. 그가 말한다, 바다의 조수가 멈추는 시간이라고, 하지만 벌써 밀물의 해수가 다시 모여드는 중이라고, 뭔가 일이 벌어지고 있다고, 그건 지금 빠르게 발생하는 것이라고 또 그것은 밤의 이 시간에 아무도 모르게 지나갈 것이라고. 그는 이와 같은 일들이 이제껏 단 한 번도 보이지 않았음을 확인하는 것이 늘 유감스럽다고.
　그녀는 그가 말하는 것을 바라본다, 크게 뜨고 있지만 가려 보이지 않는 눈. 그는 그녀를 보고 있지 않다, 여전히 두 눈을 땅에 떨구고 있다. 그녀가 그에게 말한다, 눈을 감으라고, 뭔가 말하자면 눈먼 것처럼 해보라고, 그렇게 그녀를, 그녀의 얼굴을 기억해내보라고.

그는 그렇게 한다. 그는 아이들이 하는 것처럼 오랫동안 두 눈을 질끈 감아본다. 이내 그만둔다. 다시 한번, 그가 말한다:

—눈을 감자마자, 내가 알지 못하는 다른 누군가의 얼굴이 보여요.

그들의 눈이 서로를 피한다, 서로를 비껴간다. 그녀가 말한다: 나는 여기 당신 앞에 있는데 당신은 나를 보지 않아요, 그게 무서워. 그는 그 무서움을 메우기 위해 빠른 속도로 말을 한다. 그가 말한다, 그건 분명 밤의 이 시간과도, 바다의 이 변화와도 관련되어 있을 거라고, 거리의 인적도 곧 끊길 거라고, 그들이 도시 이편에서 유일하게 산 존재로 있을 거라고. 그녀가 말한다, 아니라고, 그건 그런 게 아니라고.

그들이 다시 말을 하기까지 또 한번 긴 사이가 있다. 그녀가 그의 앞에 있다. 그녀는 검은 실크천 없이, 맨얼굴이다. 그는 그녀에게로 시선을 들지 않는다. 그들은 그렇게 오랫동안 움직이지 않고 그대로 있다. 그런 다음 그녀가 그에게서 멀어진다, 그녀는 빛에서 멀어진다, 그녀는 벽을 따라 간다. 그는 그녀에게 해변을 지나다니는 사람들에 대해 설명해달라고 한다, 그는 아무것도 모른다, 도시에 산 지 얼마 되지 않은 것이다. 그녀가 말한다, 그들은 한데 뒤섞여 놀지만 그렇다고 해서 서로가 서로를 알지도 사랑하지도 않고, 거의 만나지도 않

고 즐기기만 하는, 그런 이유로 자신을 숨기고 살아가는 사람
들이라고. 그들은 시내에서 또는 여기저기 다른 해수욕장에
서 오곤 하죠. 그가 묻는다, 여자들도 있느냐고. 그녀가 말한
다, 네, 아이들도 있죠, 개들도, 미친 인간들도.

그가 말한다:

—해가 바다 끝을 지나고 있어요.

해 웅덩이 하나가 방 한쪽 벽 아래 나타났다, 현관문 밑으
로 들어온 것이다. 크기는 한쪽 손만하다. 그것은 벽면의 돌을
타고 흔들린다. 웅덩이는 겨우 몇 초짜리 삶을 산다. 사라짐은
갑작스럽다. 그것은 제 본래 속도로, 빛의 속도로 벽에서 걷히
고 만다. 그가 말한다:

—해가 졌어요, 그렇게 왔고 그렇게 끝난 거예요, 감옥에
서처럼.

그녀가 검은 실크천을 다시 얼굴 위로 드리운다. 얼굴도,
시선도, 그는 더이상 아무것도 알지 못한다. 그녀가 가볍게 헐
썩이며 운다. 그녀가 말한다: 아무것도 아니에요, 감정 문제
야. 일단 그는 그 단어가 의심스럽다. 그가 묻는다: 감정? 그

러고 나서 그는 그것을 자기 입술에 얹어 발음해보는 것으로 그 말을 해본다. 어떠한 의문도 없이, 의도 없이: 감정.

그녀는 분명 훨씬 더 많은 시간이 지나 잠에 들었을 것이다. 해가 하늘 높이 떠 있을 때까지도 그녀는 자지 않고 있었다. 그는 그 나름으로 잠들었고, 너무 깊이 잠들어서 그녀가 방에서 나가는 소리는 듣지도 못했다. 그가 눈을 떴을 때 그녀는 더이상 그곳에 있지 않았다.

그는 그녀 곁에 앉아 있지만 몸에 손을 대지는 않는다. 그녀는 빛 안쪽에 길게 누워 잠들어 있다. 그는 그 가녀림 너머로, 팔다리 마디마디 너머로 힘을 본다. 그녀는 그를 혼자 있게 내버려둔다. 그녀는 아주 조용하다. 그녀는 밤이면 언제라도 방에 남아 있을 준비가 되어 있는 만큼 또한 그곳에서 쫓겨나 떠날 준비가 되어 있다.

그가 그녀를 깨운다. 그는 그녀에게 옷을 다시 입어줄 것을, 그리고 그가 그녀를 볼 수 있도록 불빛 아래로 가줄 것을 요구한다. 그녀는 그렇게 한다. 방 안쪽 깊숙한 곳으로, 바다쪽 벽의 어둠 속으로 옷을 입으러 간다. 그런 뒤 그녀는 불빛 아래로 돌아온다. 그녀는 그녀를 바라보는 그의 앞에 서서 가만있는다.

그녀는 젊다. 그녀는 하얀 운동화를 신고 있다. 허리께에, 엉성하게 되는대로 매여 있는, 검은 스카프 하나. 검은 머리에는, 파란 눈동자 색처럼 거짓말 같은 파란 색감의 검푸른 헤어밴드. 그녀는 하얀 반바지를 입고 있다.

그녀가 거기 그의 앞에 있다. 그는 잘 알고 있다. 그가 그녀를 그런 식으로 깨웠기에 그를 죽일 태세로 있음을. 또 그에 못지않게 거기 그의 앞에 서서 밤새도록 가만있을 각오도 되어 있음을. 신의 명을 받들듯, 생겨나는 모든 것을 감내하는 이런 능력이 어디서 비롯해 그들에게 오는 것인지 그는 알지 못한다.

그가 그녀에게 묻는다. 그녀는 늘 이곳에 있을 때처럼 옷을 입느냐고. 그녀가 말한다. 그를 알고 난 이후로는, 그렇다고.

—이걸 당신이 마음에 들어하는 것 같았거든요, 그래서 같은 색으로 입었죠.

그는 한참 동안 그녀를 바라본다. 그녀가 말한다: 아니요, 그는 그날 그 해변 카페에서의 저녁 전까지는 그녀를 만난 적이 없어요. 그녀로서는 유감이지만.

그녀가 옷을 벗는다. 그녀는 불빛 아래 마련된 자기 자리에 눕는다. 그가 가진 시선처럼, 그녀에겐 자기도 모르게 눈물을 흘리는 모종의 길들여지지 않는 시선이 있다. 그는 그들이 서로 닮았다고 생각한다. 그는 그것을 그녀에게 말한다. 그녀 또한, 그와 마찬가지로, 그들이 똑같은 키, 똑같은 파란색 눈, 그리고 검은 머리를 가지고 있다는 생각을 한다. 그들은 서로를 보고 웃는다. 그녀가 말한다: 그리고, 시선 속에는, 밤 풍경의 슬픔이.

때때로 한밤중에 옷을 입는 것은 그다. 그는 눈에 화장을 한다, 춤을 춘다. 그때마다 그는 자신이 그녀를 깨우지 않았다고 생각한다. 때로 그는 그녀의 푸른 헤어밴드를, 그녀의 검은 스카프를 하기도 한다.

어느 밤. 그녀가 그에게 묻는다, 손으로 해줄 수 있겠느냐고, 그렇다고 그녀에게 가까이 다가올 필요는 없다고, 쳐다볼 필요도 없다고.

그는 그럴 수 없다고 말한다. 그는 아무래도 여자와는 그런 걸 할 수가 없다. 그는 그녀 쪽에서의 그러한 요구가 그에게 미친 파장을 이루 다 말할 수조차 없다. 만일 그가 받아들이기로 한다면, 그는 더이상 그녀를, 영원히 다시는 보고 싶지 않을지도 모르고, 어쩌면 그것은 심지어 그녀를 괴롭히는 일이 될지도 모른다. 그녀는 방을 떠나야만, 그를 잊어야만 할 것이다. 그녀가 말한다, 그런 일은 없다고, 그녀는 그를 잊을 수 없다고. 그들 사이에 아무 일도 일어나지 않는 이상, 기억은 그저 일어나지 않은 일에 대한 그악함으로 남는 거라고.

그녀는 그가 바라보는 앞에서 자기 손으로 스스로 한다. 절정으로 치닫는 흥분 속에서 그녀가 부르는, 그것은 일종의 단어인 것 같다, 나지막하고, 먹먹하게 울려오는, 아주 먼. 어쩌면 일종의 이름, 그것에 어떤 의미는 없다. 그는 아무것도 알아듣지 못한다. 그는 그녀가 타고난 은밀함을 지닌 존재, 기억 없는, 천진스럽게 빚어진, 아무 기준 없이 마음 내키는 대로 하는 사람이라는 생각을 한다.

그가 말한다:

—나를 이해해주면 좋겠어요, 내가 다른 사람이 될 수는 없어요, 뭔가 당신에게 다가갈 때면 욕망이 지워져버리는 것 같달까.

그녀가 말한다, 요즘엔 그녀도 그렇다고.

그가 말한다, 그녀가 조금 전 어떤 말, 어떤 외국말 같은 것을 입 밖에 냈다고. 그녀가 말한다, 그녀는 극치의 흥분에 이르는 비참 속에서 누군가를 불렀다고.

그가 웃는다. 그가 그녀에게 말한다:

—당신에 대한 모든 것을 내게 말해달라고 강요할 수는 없죠. 아무리 돈을 준다 해도.

그녀의 눈과 머리는 그가 욕망하는 연인들의 그런 색을 띤다. 머리가 그 검은색을 띨 때라야만 눈은 바로 그 파란색인 것이다. 그리고 햇볕에 그을리지 않은 그 하얀 살결. 거기엔 군데군데 주근깨 박힌 반점들이 있다. 그러나 그것들은 엷고, 빛을 받아 색이 빠져 있다. 그녀는 또한 그녀가 여기 있다는 사실로부터 그를 자유롭게 해주는 그런 깊은 잠에 빠지곤 한다.

얼굴 생김은 꽤 예쁘장하다, 검은 실크천에 덮여 그 윤곽이 드러난다.

그녀가 몸을 뒤척인다. 다시금 시트 밖에서, 그녀는 기지개를 켜고 그렇게 팔다리를 쭉 펼친 채로 가만있는다, 그러다, 다시 쓰러져 누우면, 쓰러진 자세 그대로 있는다, 이따금 끝없는 피로에서 생겨나는 그런 안식에 파묻힌 채.

그가 그녀에게 간다. 그가 그녀에게 묻는다, 무슨 일로 쉬는 거냐고, 그 피곤함은 무엇이냐고. 대답하지 않고, 쳐다보지도 않고, 그녀는 손을 들어올려 그녀 위로 드리운 그의 얼굴을 어루만진다. 그의 입술을, 그의 입가를, 그녀가 키스해주고 싶은 그곳을. 하지만 그 얼굴은 거부한다, 그녀는 계속해서 애무한다, 이는 꽉 닫혀 있다, 얼굴은 물러난다. 그녀의 손이 아래로 떨어진다.

그가 묻는다, 그가 그녀에게 했던 요구, 매일 밤 그의 곁에 있어달라는 그 요구를 그녀는 그저 잠을 자는 일로 여긴 거냐고. 그녀는 머뭇거리다가 말한다, 아마도, 그렇다고, 그녀는 다만 그런 식으로 사안을 이해했던 것이 틀림없다고, 그러니까 그가 그의 곁에 그녀를 두길 욕망했지만 그것은 잠에 가려진 형태, 어떤 다른 감상感傷으로 지워내듯 검은 실크천으로 얼굴을 지워버린 형태가 아니었느냐고.

그녀는 어둠 속에 있다, 빛에서 따로 떨어진 채. 검은 암막에 둘러싸인 샹들리에는 몸이 있는 곳만을 밝힌다. 샹들리에의 음영이 그림자를 각기 다르게 빚어낸다. 눈의 파랑과 시트의 하양, 헤어밴드의 푸름과 피부의 창백함이 방의 어둠에, 깊숙한 바닷속 식물이 발하는 초록의 어둠에 뒤덮였다. 그녀는 거기 있다. 색들에, 그리고 어둠에 뒤섞인 채, 그녀가 알지 못하는 어떤 아픔을 계속 슬퍼하면서. 그렇게 태어난 여자. 두 눈에 저 파랑을 품은. 저 아름다움.

그녀가 말한다. 그녀가 지금 이 순간 그와 함께 겪는 것을 살아내고 있다는 사실이 그녀로서는 꽤나 만족스럽다고. 그녀는 자기들이 그 카페에서 만나지 않았더라면, 그 대신 그녀가 무엇을 했을지 자문해본다. 여기, 이 방안에서 비로소 그녀의 진정한 여름이, 그녀의 경험이, 그녀의 성기와, 그녀의 육체에 대한, 그녀의 삶에 대한 혐오라는 경험이 있었던 것이다. 그는 의심 섞인 태도로 그녀의 말을 듣는다. 그녀가 그에게 웃음 짓는다, 그녀는 그에게 묻는다, 그녀가 계속해서 그에게 말을 하길 바라느냐고. 그가 말한다, 그녀가 그에게 알려주는 것은 아무것도 없다고, 그녀가 할 수 있는 말이라곤 온통 이런저런 통념일 뿐이라고. 그녀가 말한다:

─나는 당신에 대해 말하고 있는 게 아니에요. 당신 앞에 있는 나에 대해 말하는 거지. 문제는요, 나한테서 비롯된 거예요. 나에 대한 당신의 혐오 따위, 내게는 상관없는 일이야. 그

건 신에게서 비롯한 문제고, 그냥 그대로 받아들여야 해요, 자연처럼, 바다처럼 존중해야겠죠. 그걸 당신 개인의 언어로 옮길 필요는 없어요.

그녀는 그의 앙다문 입에, 그의 두 눈에 서린 억눌린 분노를 본다. 그녀가 웃는다. 그녀는 잠자코 있다. 이따금 찾아든다지만 이 밤만큼은 더욱 섬뜩하게 방안으로 공포가 엄습한다. 죽음의 공포가 아니다, 그것은 학대당하리라는 공포다, 마치 짐승에 당하듯, 할퀴이고, 짓뭉개지리라는.

객석이 어둠 속에 있다고 해볼 것이다, 배우가 말하는 것일 수 있다. 연극은 끊임없이 시작될 것이다. 하나의 문장마다, 하나의 단어마다.

배우들이 꼭 연극배우여야 하는 것은 아닐 수도 있을 것이다. 그들은 언제나 크고 낭랑한 목소리로 책을 읽어야 할 것이며, 자신의 모든 힘을 동원해 그 책을 언젠가 읽은 적이 있었다는 어떠한 기억도 배제하려 애써야 할 것이다. 그와 관련된 것은 아무것도 모른다는 확신 속에서, 그렇게 매일 저녁을.

　이야기의 두 주인공은 풋라이트 가까운 곳에서 무대 중앙을 차지하고 있다고 해볼 것이다. 늘 어딘가 흐릿한 빛이 어른거릴 것이다. 주인공들에게 마련된 곳인 그 장소, 강렬하고 한결같은 빛이 비출 그곳만을 제외하고. 주위엔, 맴도는 하얀 옷을 입은 형체들.

　그는 그녀가 잠을 자게 내버려둘 수 없다. 그녀가 집안에 있다, 그의 집에 그와 함께 갇혀 있다. 때로 그에게 이런 생각이 드는 것은 그녀가 자고 있는 동안의 일이다.

　그녀는 벌써 익숙해져 있다. 그녀는 그가 소리지르기를 자제하고 있다는 것을 안다. 그녀가 말한다:

　—당신이 원한다면, 내가 나가줄 수 있어요. 나중에 다시 오든지. 아니면 아예 안 오든지. 이건 내 계약인 거죠. 그러니까 여기 있든 가버리든, 상관없잖아요.

　그녀가 다시 일어난다, 그녀는 시트를 접는다. 그가 운다. 억제가 안 되는 오열이다, 가식은 없다, 마치 나쁜 짓거리에 엉망으로 당하고 난 뒤에 쏟아지듯이. 그녀가 벽 가까이 그의

곁으로 다가간다. 그들은 운다. 그녀가 말한다:

　—당신은 당신이 뭘 원하는지 몰라.

　그녀는 그를 어린애처럼 만들어버리는 이 진 빠지는 지리
멸렬 속에 존재하는 그를 바라본다. 그녀는 마치 그의 괴로움
을 함께 나누기라도 하려는 듯 그의 곁으로 다가간다. 그는 갑
자기 그녀를 잘 알아보지 못한다. 그녀가 말한다:

　—오늘 당신이 너무 갖고 싶어, 이런 적은 처음이에요.

　그녀가 그에게 오라고 말한다. 와줘요. 그녀가 말한다, 이
것은 벨벳이기도, 현기증이기도 하지만, 또한, 그런 생각을 해
서는 안 된다 해도, 사막이라고, 범죄나 광기로도 이어지는 사
악한 것이라고. 그녀는 그에게 요구한다, 와서 이걸 보라고,
이건 혐오스러운, 죄스러운 어떤 것, 불순하고, 더러운 물, 핏
물이라고, 언젠가 그도 이런 것을 제대로 해내야만 할 거라고,
단 한 번일지라도, 이 보잘것없는 장소 안쪽을 휘젓고 다녀야
할 거라고, 평생 피할 수만은 없을 거라고. 그러니까 나중이든
오늘 저녁이든, 무슨 차이죠?

　그가 운다. 그녀는 벽으로 돌아간다.

　그녀는 그를 혼자 있게 내버려둔다. 검은 실크천을 뒤집어
쓴다. 그 너머로 그를 바라본다.

그는 그녀가 잠들길 기다린다. 그런 뒤, 그가 종종 하는 행동이 있다. 집에서 사람이 들지 않는 쪽으로 가는 것이다. 그는 손에 거울 하나를 쥐고 돌아온다. 그가 노란 불빛 안으로 들어간다. 그는 자신을 바라본다. 그는 이리저리 인상을 써본다. 그러고 나서 눕는다. 그는 곧바로 잠든다. 고개를 밖으로 돌려둔 채, 꼼짝도 하지 않고, 어쩌면 그녀가 다시 다가올지도 모른다는 두려움에. 그는 모든 것을 잊어버렸다.

며칠 전의 그 시선을 제외하면, 더이상 알려진 것은 없다. 바다의 들썩임, 밤을 오가는 사람들, 눈물들, 그 외에는 아무 일도 일어나지 않는다.

그들은 잔다. 서로에게 등을 돌리고.

늘 그렇듯 먼저 잠으로 침잠하는 것은 그녀다. 그는 그녀가 멀어져가는 것을, 사위어가는 것을 지켜본다. 방에 대한, 그에 대한, 이야기에 대한 망각 속으로. 모든 이야기에 대한 망각 속으로.

그날 밤 그녀는 다시 한번 부른다, 병들고, 상처 입은 단어, 무슨 말인지 누구도 알지 못하지만 아마도 어떤 이름일 그 단어를 가지고, 그녀가 절대로 말하지 못하는 누군가의 이름을. 어떤 소리, 어둑하고 부서지기 쉬운, 일종의 신음소리와도 같은 하나의 이름을.

그날 밤 좀더 시간이 지난 뒤, 아침 무렵, 그녀가 잠에 들었다고 생각하면서도 그는, 그도, 그녀에게 말을 해본다, 지난밤에 무슨 일이 있었는지.

그가 말한다:

─당신에게 이걸 말해야만 해, 당신은 당신 안에 있는 그 내부의 것에 책임이 있는 것 같아, 그것에 대해 당신은 아무것도 모르고, 어딜 봐도 그럴 것 같은 생김새가 아님에도 그것이 제 속에서 붙잡고 변형시킨다는 이유로 나를 두렵게 만드는 그 내부의 것에.

그녀는 자고 있지 않았다.

그녀가 말한다:

─사실이에요, 달과 출혈의 리듬을 따라 내 성기에서 비롯된 천체의 이치에 나는 책임이 있죠. 바다 앞에서와 마찬가지로 당신 앞에서는.

그들은 서로에게 다가간다, 거의 서로에게 닿을 듯이. 그들은 다시 잠든다.

그날 밤 전까지, 다른 여러 밤이 지나는 와중에도, 그녀는 그를 본 적이 없었다. 그를 보는 것에 그녀가 지겨움을 느낄 리는 없다. 그녀가 그에게 말한다:

—나 당신을 처음 봐요.

그는 이해하지 못한다, 그는 갑자기 경계심을 내보이고 그녀, 그녀는 그런 그가 더 좋다. 그녀가 그에게 말한다, 그는 아름답다고, 그에 비하면 이 우주에서는 어떤 동물도, 어떤 식물도, 다른 어떤 것도 아름답지 않다고 할 수 있을 정도라고. 그는 여기 있지 않은 것일 수도 있다고. 생명의 연쇄 속에서 벌어지지 않았던 사태일 수도 있다고. 누구나 그의 두 눈에, 그의 성기에, 그의 두 손에 키스하고 싶어진다고, 자기 자신이 그로부터 해방될 때까지 그의 유년시절을 다독이고 싶어진다고. 그녀가 말한다:

—책에는 이렇게 쓰일 거예요: 머리는 검고 두 눈은 어느 밤 풍경의 슬픔에서 비롯한다.

그녀가 그를 바라본다.

그녀가 그에게 무슨 일이 생겼는지 묻는다.

그는 그 질문을 이해하지 못하는데 그게 그녀, 그녀를 웃게 만든다. 그녀는 이렇게 그를, 가벼운 긴장 속에 내버려둔다. 그런 뒤 그녀가 그에게 입을 맞추자 그가 운다. 너무 강렬한 시선이 그를 바라보면, 그는 운다. 그리고 그녀는 그를 보며 운다.

그는 그녀에 대해 자신이 아무것도 모른다는 사실을 깨닫는다, 그녀의 이름도, 그녀의 주소도, 그녀가 그를 발견했다는 이 도시에서 그녀가 무엇을 하는지도. 그녀가 말한다: 지금 그런 걸 아랑곳하기엔 너무 늦네요, 알든 모르든 그게 그거겠지만. 그녀가 말한다:

—이제 나도 당신과 같아요, 내가 그 이유를 알지 못하는 어느 길고 불가사의한 괴로움의 끝에서.

노란 불빛 아래, 맨얼굴.

그녀가 내부의 것에 대해 말한다. 내부의 그것 안쪽에서 피의 열기가 감돈다. 어쩌면 하는 게 가능할지도 모른다, 그곳이 어떤 허구적인, 이질의 장소인 양 하는 것이, 그곳을 파고들어, 요동치는 피의 열기에 이르기까지 천천히 그곳을 파고들어, 거기 그대로 있으면서 기다리는 것이, 다른 것이 아니라 그저, 기다리기, 어떻게 되는지 보기.

그녀가 되풀이해 말한다: 한 번이라도 보러 오기. 지금이든 나중이든, 그걸 피할 수만은 없을 테니까.

그는 그녀가 우는 듯한 소리를 듣는다. 그는 그녀가 우는 것을 견디기가 힘들다, 그는 그녀를 방치한다.

그녀는 검은 실크천을 얼굴 위로 다시 드리운다.

그녀는 말이 없다.

이제 그녀는 그가 휴면중인 성기로 가주는 것 외에는 더이상 아무것도 요구하지 않는다. 그녀는 그가 다리 사이 움푹진 곳에 놓이게끔 다리를 벌린다.

그는 벌어진 다리 사이 움푹진 곳에 들어 있다.

그는 내부의 것을 둘러싸고 반쯤 열린 곳 위에 머리를 둔다.

그는 얼굴을 그 기념비에 맞대고 있다, 벌써 그 축축함에 젖어, 음순에 닿을 듯, 그 숨결을 느끼며. 눈물을 자아내는 온순한 태도로 그는 오래도록 그곳에 있는다, 눈을 감은 채, 그 가증한 성기의 평지에. 그때서야 그녀가 그에게 말한다, 그가 그녀에게 말했던, 그는 전혀 아무것도 바라지 않는다는 그 문제 때문에, 바로 그가 그녀의 진정한 사랑이라고, 그의 입이 이렇게 가까이 있으면, 견딜 수가 없다고, 해줘야 한다고, 입으로 그녀를 사랑해줘야 한다고, 그녀가 원하는 식으로 그녀를 사랑해줘야 한다고, 그녀, 그녀는 그녀를 흥분시키는 사람이 좋다고, 그녀가 소리지른다. 그녀는 그를 사랑한다고, 해달라고, 그에게 그녀가 그렇듯이, 그녀한테 그는 누구여도 상관없는 사람이라고.

그가 얼굴을 뒤로 뺐는데도 그녀는 여전히 소리를 지르고 있다.

이제 그녀는 소리지르지 않는다.

그는 문 가까이 있는 벽 아래로 몸을 피한다. 그가 말한다:

—날 내버려둬요, 다 헛짓이야, 나는 끝까지 안 될 거예요.

그녀는 바닥에 얼굴을 대고 눕는다. 그녀는 분노로 울부짖는다, 그녀는 때리고 싶은 것을 참고 있다, 그러더니 더는 소리치지 않는다, 그녀가 운다. 그러고 나서 그녀는 잠이 든다. 그가 그녀 곁으로 온다. 그는 그녀를 깨운다, 그는 그녀에게 무슨 생각을 하고 있는지 말해달라고 한다. 그녀는 그들이 헤어지기에는 이미 너무 늦었다는 생각을 한다.

그녀가 돌아눕는다. 그는 벽으로 돌아간다. 그녀가 말한다:

—어쩌면 사랑은 이토록 지독한 방식으로도 살아질 수 있

는 걸까요.

한낮이 될 때까지 그녀는 검은 실크천을 덮고 잔다.

다음날 그녀는 벽 아래로 간다. 그리고 다시 밤새도록 잠을 잔다. 그는 그녀를 깨우지 않는다. 그는 그녀에게 말을 걸지 않는다. 그녀는 동틀 무렵 떠난다. 시트는 개켜져 있다. 불이 켜져 있다. 그는 자고 있다, 그는 그녀가 떠나는 소리를 듣지 못한다.

그는 방에 남아 있다. 불현듯, 버림받는다는 두려움.

폭풍우가 친다. 그는 그곳에 남아 있다. 그는 샹들리에의 불을 끄지 않는다, 그가 빛 속에 남아 있다.

그날 저녁 그녀는 그곳에 없다. 그녀가 도착했어야 할 시간은 지났다. 그는 잠을 이루지 못한다. 그는 그녀를 죽이려고 그녀를 기다린다, 그는 그런 생각을 한다, 자기 손으로, 그녀를 죽인다.

그녀는 한밤중에 도착한다, 아주 늦은 시간, 거의 새벽이다. 그녀가 말한다, 폭풍우 때문에 늦었다고. 그녀는 바다 쪽 벽으로 간다, 언제나 같은 그 자리로. 그녀는 아마 그가 자고 있지 않다고 생각하는 것 같다. 그녀는 옷가지를 바닥에 벗어던진다, 평소에 하듯이, 늘 그렇게 잠을 서두르면서. 그녀는 시트 속에 몸을 넣는다, 그녀는 몸을 뒤집어 벽과 마주한다. 단숨에 그녀는 가라앉는다, 그녀가 잔다.

그녀가 잠든 때가 되어서야 그는 그녀에게 말을 건넨다. 그가 그녀에게 말한다, 머물러 있기로 했던 기간이 끝나기 전에 그녀는 쫓겨나게 될 거라고. 그녀는 그의 말을 듣지 않는 것 같다, 그러니까 어찌 보면 그녀는 더이상 아무것도 듣지 않는 것이다.

그가 운다.

그는 이곳에, 오로지 그의 차지로 있으나 또한 그녀가 침범했던 이 장소 안에 그녀가 있을 때만 운다. 그는 그가 지시할 때를 제외하면 그녀가 이곳에 있지 않길 바라면서도, 그녀가 이곳에 있게 되는, 그런 상황에서만 운다. 순식간에 눈물은 존재할 이유 하나 없는 것이 되어버린다, 잠이 그렇듯이. 그가 운다, 마치 그녀, 그녀가 잠을 자듯이. 가끔은 그녀, 그녀가 밤중에 운다, 소리 없이.

그녀가 잠들었을 때, 시트 속에 감춰졌을 때, 그에겐 이 여자를 이용해야겠다는, 피의 뜨거운 공동空洞 그 안쪽을 보러 가겠다는, 이 여자로부터 난잡하고 가증스러운 쾌락을 즐겨야겠다는 갈망이 일었는지도 모른다. 그러나 그러기 위해서는 그녀가 죽어 있어야 했을 텐데, 그가, 그 자신이 그녀를 죽이기로 한 것을 잊어버렸다.

그는 그녀에게 말한다. 늦은 이유에 대해 그녀가 거짓말을 했다고. 늘 이 말이 그의 입으로 온다: 거짓말하다. 그녀가 잠을 잔다는 사실이 그 증거다. 그는 확실히 말할 수 있다. 그녀는 잠을 잔다, 다른 여자들이 거짓말을 하듯 그녀는 거짓말을 한다, 그녀는 잠을 잔다.

그는 소리친다: 내일이면 그녀가 이 방을 영영 떠날 것이다. 그는 조용히 있고 싶다. 자기 집의 질서를 지키는 것 말고도 그에겐 다른 할일이 있다. 그는 문을 잠가버릴 것이다. 그녀는 이제 들어오지 못할 것이다.

그녀가 아무도 없는 곳이라 생각하도록 그는 불을 다 꺼버릴 것이다. 그는 그녀에게 말할 것이다: 올 필요 없어요, 다시는.

그는 눈을 감는다. 그는 들으려고, 보려고 해본다: 방이 어둡다. 문 아래로 어떤 빛도 새어들지 않는다. 그녀가 문을 두드린다, 그가 대답하지 않자, 그녀는 열라고 소리친다. 그녀는 그의 이름을 모른다, 그녀는 문을 열어달라고 한다. 나예요, 열어줘요. 그는 그녀가 홀로 시내에 있거나 그쪽을 왕래하는 사람들 사이에 있는 모습을 상상할 수 있다, 그는 이미 그걸 해봤다, 벌써 그녀를 상상해봤다, 예컨대 그녀가 올 때와 어두워지는 때를 틈타. 하지만 그는 그녀가 닫힌 문 앞에 있는 모습을 상상할 수가 없다. 그녀는 금방 알게 될 것이다, 그녀라면. 그녀는 그렇게, 그 자리에서 바로 이해하게 된다, 닫힌 문, 그것은 가짜라는 것을. 아마 그녀는 그곳에 더이상 불빛이 없다는 것을 보자마자 그걸 알았을 것이다.

그는 착각하고 있다. 그는 다시 해본다: 아니, 그녀는 소리치지 않을 것이다, 그녀는 문을 두드려보지도 않고 더는 돌아오지 않을 작정으로 가버릴 것이다. 죽이고, 영영 떠나, 아주 사라져버리는 그런 짓, 만약 그런 일이 기어이 벌어졌다면, 그걸 했을 쪽은 그녀이리라. 그녀가 자는 것을 바라보다가 갑자기 그는 이를 의식한다: 저 여자는 돌아오지 않는 사람이다, 남의 이야기를 믿는 사람이니까. 아니나 다를까, 그녀는 자고 있다, 그녀는 그를 믿는다.

그는 긴 시간 잠을 잔다. 그가 깨어날 때면 아침녘의 늦은 시간이다. 태양이 한가득이다. 문틈 사이사이로 햇빛이 비친다. 강철의 번쩍임을 타고 태양의 포말이 스며든다.

그녀는 이제 방에 없다.

갑자기 머릿속까지 구역질을 불러일으키는, 그러나 특유의, 개인적인 무력감. 불행, 하지만 그가 자초한 바 그대로인. 그는 그것의 생리, 그것의 질료를 알고 있다.

그는 노란빛의 샹들리에 불을 끈다. 그는 방바닥에 눕는다, 그는 몇 번이고 잠이 들다가, 깨어난다, 그는 빈집의 부엌으로는 뭘 먹으러 가지 않는다. 그는 문을 열지 않는다, 그는 방안에 남아 있는다. 그는 방을, 고독을 지킨다.

그녀가 도착할 시간이 가까워지자, 그는 그녀가 떠나야 하리라고 마음을 정하지만 그것은 그녀 자신의 문제라고, 그녀 스스로가 그라는 사람이 아무것도 명령할 수 없음을 이해하게 되어야만 하는 문제이리라고 본다.

그는 누군가와 말을 하고 싶다. 그러나 아무도 없다, 그녀는 이곳에 말을 하기 위해 있는 것이 아니다. 고통은 투명하다. 방안으로, 머리에, 양손에 퍼져 있다. 고통이 힘을 앗아간다, 그것이 고독을 누그러뜨린다, 그것이 그를 여기 이렇게,

자신은 아마 곧 죽을 것이라 생각하게 한다.

벽 바로 아래, 그녀가 접어둔 시트들. 그녀는 그것을 마치 손님이나 할 법한 모양새로 정성스레 바닥에 접어두었다. 그는 접힌 시트를 향해 간다, 그는 그것들을 펼쳐 자기 몸을 덮는다, 갑작스러운 한기 탓이다.

저녁이면 그녀가 내내 열려 있던 문을 두드린다.

누구도 알지 못한다고 해볼 것이다, 어느 배우 한 명이 말할 것이다, 이야기의 주인공들에 대해서라면, 그들이 누구인지 또 왜 그들인지.

가끔은, 그들을 지켜볼 수 있도록, 그들을 그들끼리 있게 내버려둘 것이다, 침묵 속에, 한참을. 그러면 그들 주위로, 멈춰선 배우들, 숨죽인 채, 그리고 빛 안쪽에서, 그 침묵에 당혹한 모습의 그들.

대개 그녀는 잠을 잔다. 그리고 그는 그녀를 바라본다.

때때로, 잠결에 생기는 움직임에 그들의 손이 스치기도 하지만 그러자마자 서로를 피하고 만다.

그들은 빛이 눈부셔 앞을 보지 못할 것이다, 그들은 나체일 것이다, 벌거벗은 성기, 그대로 노출된, 시선 없는 피조물일 것이다.

이어지는 여러 밤 동안은, 잠 외에 아무 일도 일어나지 않는다. 여름의 사건들은 모종의 망각을 향해 간다.

이따금, 무심결에, 몸들이 가까워지다가 서로 닿는다, 그렇게 어렴풋이 깨는 일이 있지만 곧이어 다시 잠에 덮이고 만다. 그들이 서로에게 닿음과 동시에, 몸들은 더이상 움직이지 않는다. 그들 중 한 사람이 몸을 돌려 멀어지기까지 그렇다. 그러나 뚜렷하다고 할 만한 것이 생기는 일은 없다. 내내 어떠한 시선도. 어떠한 표현도.

때로 그들은 말을 한다. 그들이 말하는 것은 방안에서 일어나는 일과는 아무런 관련이 없다, 방에 대해 그들이 아무것도 말하지 않는다는 점을 제외하면.

때로 그녀가 돌아눕곤 한다, 그녀는 외부의 위협으로부터, 동물의 울음소리로부터, 문가에 부딪는 바람으로부터, 화장한 그의 입술로부터, 그의 시선의 감미로움으로부터 자신을 지킨다. 그녀는 으레 다시 잠든다. 이따금, 새벽녘이면, 그녀는 부재의 더욱 깊숙한 층리에 닿을 것이다. 간간이 이어지는 호흡조차 가늘다. 간혹 자기 가까이 잠들어 있는 짐승이라 여겨지는 일도 있다.

아침, 그는 그녀가 떠나는 소리를 듣는다. 그러나 그 또한 아주 희미하다. 그는 움직이지 않는다. 아침마다 그를 짓누르는 그런 한결같은 부재 속에 빠져 있다고 볼 수도 있을 것이다. 그러면 그녀, 그녀는 정말로 그가 자고 있다는 듯이 구는 것이다.

더러 이런 기만 외에는 아무 일도 일어나지 않는다고 할 수 있을 때도 있다.

밤이 오면, 그녀는 정해진 시간에 맞춰 이곳에 있다. 하얀 시트 위 가지런한 몸, 나체로, 샹들리에의 불빛에 안겨.

그녀는 죽은 여자를 시늉한다, 검은 실크천 아래 폐기된 얼굴. 그것이 그가 불길한 나날이면 생각하는 것이다.

아직 밤인 듯하다. 밖에서는 여전히 어떤 빛도 들지 않는다. 하얀 시트 주위를 걷는, 맴도는 남자.

바다가 방 앞까지 다다랐다. 아침이 멀지 않은 것이다. 거기, 벽과 아주 가까이 있는 그것은 불면의 바다다. 그것은 곧 바다의 웅성임, 둔중하게, 밖에서 울려오는, 죽음으로 인도하는 소리다.

그녀가 눈을 떴다.

그들은 서로를 바라보지 않는다.

여러 밤 전부터 그래오고 있다.

바깥으로부터의 어떠한 정의도 그들이 지금 겪고 있는 것을 감히 말로 품어내지 못한다. 고통을 피할 어떠한 해결책도 없다.

그녀가 잔다.

그가 운다.

그는 여름밤의 어느 아득한 이미지에 처해 운다. 그는 파란 눈 검은 머리의 젊은 외국인을 슬퍼하기 위해 그녀가, 방안의 자기 자리에 있는 그녀의 존재가 필요하다.

방안에 그녀가 없다면 이미지는 그저 척박할 것이다. 그것이 그의 심장을, 그의 욕망을 말려버릴 것이다.

몸, 그에게 그것이 보인 적은 없었다. 그저 그는 흰옷을, 흰 셔츠를 입고 있었을 뿐이다.

창백하다. 그는 창백했다. 그는 북쪽에서 왔다. 신비의 땅에서.

큰 키.

목소리는, 그가 알지 못한다.

그는 더이상 움직이지 않는다. 그는 호텔 정원에서 로비 창문까지 이어지는 길을 되새긴다.

그는 귀를 기울인다, 눈을 감은 채. 그는 외침을 듣는다. 그는 그걸 통해서는 여전히 어떤 단어도, 어떤 의미도 파악하지 못한다. 그가 눈을 뜨는 순간 그땐 이미 너무 늦다. 파란 눈의 몸은 열려 있는 창문을 향해 묵묵히 나아가는 것이다.

그녀에게는, 그가 그에 대한 말을 하지 않는다. 그에겐 그럴 생각이 들지 않는다. 그는 그의 삶에 대해 말하지 않는다. 그렇게 할 수 있으리라는 생각이 단 한 번도 든 적이 없었다. 낱말들은 거기 없다, 낱말을 놓아둘 문장도. 그들에게는 그들에게 일어난 것을 말하기 위한 용도로 침묵 혹은 차라리 웃음 혹은 때때로, 예컨대, 그 여자들과 함께, 울기 따위가 있다.

그녀가 그를 바라본다. 이런 식으로 그녀는 그가 없을 때 그를 본다, 거기 있는 모습 그대로의 그를. 무음의 이미지들로 가득한, 온갖 고통에 시달리며, 잃어버린 물건을 되찾고자 하는, 또 그만큼 그가 아직 가지고 있지 않은데도 난데없이 자기 존재의 이유가 되어버리는 그 옷, 그 시계, 그 연인, 그 자동차, 그런 물건을 하나 사고자 하는 욕망에 도취된. 그가 어디에 있든, 그가 무엇을 하든, 한결같은 자기 혼자만의 절망.

그녀는 오래도록, 며칠 밤이고 그를 지켜볼 수 있다. 그는 그녀가 눈을 뜨고 있음을 알아차린다. 그는 그녀에게 미소를 지어 보인다, 마치 자신은 가면을 벗기라도 했다는 듯 어찌 보면, 회오하듯, 살아 있다는, 살아야만 한다는 그 끝없는 변명 속에서 늘.

그녀가 그의 마음을 사려고 말을 꺼낸다.

그녀가 말한다, 그녀는 여름 동안 이 도시에 머문다고. 그녀는 여기서 멀지 않은 곳에 사는데, 대학가가 있는 도시고, 거기가 그녀가 태어난 곳이라고. 그녀는 지방 사람이라고.

그녀는 바다를 아주 좋아한다, 특히 이 해변을. 여기서는, 그녀에게 집이 없다. 그녀는 호텔에서 생활한다. 그녀로서는 더 좋다. 여름엔, 그편이 더 낫다. 청소나, 아침식사, 애인 같은 점에서 보자면.

그는 듣기 시작한다. 그는 누군가 이야기하는 것이라면 모두 한결같은 열정을 가지고 들어주는 남자다. 왜 그렇게까지 하는지는 알 수 없다. 그는 그녀에게 친구들이 있느냐고 묻는다. 그녀는 친구가 있다, 있어요, 여기에도 또 그녀가 겨울마다 머무는 그 도시에도. 늘 붙어다니는 친구들인가요? 그런 애들이 몇 명 있긴 하지만 물론 대부분은 그녀가 대학에서 알게 된 사람들이다. 그녀가 대학에 있어서일까요? 그렇죠. 그녀는 과학을 공부한다. 그녀는 과학 쪽 임시 교수이기도 하고요. 네. 그녀가 이야기한다. 그가 말한다, 그는 그녀가 고등교육을 받았다는 사실을 잘 알고 있었다고. 그녀가 웃는다. 그가 웃는다, 서로 이렇게나 잘 통했다는 걸 느끼고서는 겸연쩍어하며. 그러던 그에게 갑자기 그녀가 더이상 웃지 않는 것이, 그에게서 마음이 떠나 있는 것이 보인다. 그녀가 마치 그를 사랑스럽다는 듯이, 혹은 죽었다는 듯이 쳐다보는 것이 보인다. 그리고 나서 그녀가 마음을 다잡는 것도. 그녀의 시선엔 그가 있는 앞에서 그녀가 방금 건너온, 희미한 방황의 눈빛이 어려 있다.

그들은 이 두려움에 대해 말하지 않는다. 그녀는 뭔가 벌어졌다는 사실에 대해 그보다 더 잘 알지는 못한다. 그들은 오래도록 서로가 서로에게서 멀리 떨어진 채, 그들이 서로를 바라봤을 때 벌어진 일을, 그들이 아직까지도 잘 알지 못하는 그

무서움을, 다시 떠올리려 애쓰고 있다.

그는 이 미친 짓거리를 생각해낸 것이 꽤나 마음에 든다, 거기서부터 시작해서 그녀가 방에 와 머물게 되었고 거기다 그녀가 돈까지 받아들였으니 말이다. 그는 그녀가 돈이 많다는 것을 안다, 그 정도의 것들은 분별할 줄 안다. 그가 그녀에게 말한다, 그가 그녀를 사랑하게 된다면, 그건 무엇보다도, 그녀의 많은 돈, 그녀의 광기, 뭐 그런 것들 때문일 거라고.

이런 모든 말에 마치 대꾸라도 하듯, 어느 날 밤, 그녀는 그의 양 손목에서 면도날에 베인 가느다란 자국을 발견한다. 그가 이걸 말한 적은 단 한 번도 없었다. 그녀가 운다. 그녀는 그를 깨우지 않는다.

이튿날, 그녀는 방에 오지 않는다. 그녀는 그다음날이 되어서야 다시 온다. 그들은 이 공백에 대해 아무 말도 하지 않는다. 그는 그녀에게 질문하지 않는다. 그녀는 아무 말도 하지 않는다.

그녀는 방으로 다시 올 것이다. 양팔의 자국을 발견하기 전 그녀가 늘 그랬듯이.

바닷소리가 멀어졌다. 날은 아직 멀리 있다.

그녀가 깨어난다, 그녀가 그에게 아직 밤이냐고 묻는다. 그가 말한다, 네, 아직 그러네요, 라고. 그녀는 잠을 설친 이 남자를 길게 바라본다, 그녀는 그걸 알고 있다. 그녀가 말한다: 나 또 엄청 잤어요.

그녀가 말한다, 그가 원한다면 그녀가 자는 동안 그녀한테 말을 해도 된다고. 아니면 그가 말하는 것을 그녀에게 들려주기 위해 그녀를 깨워도 괜찮다, 그가 그러고 싶은 거라면. 이제 그녀는 그때 그 무렵에 그 바닷가 카페에서 그랬던 것만큼 피곤하진 않다. 그도 그러길 바란다면, 그녀가 자는 동안에, 지난번 그 카페에서처럼, 그도 그녀의 눈에, 그녀의 손에 키스해도 된다. 그녀가 다시 잠든 때라면, 밤늦게, 그는 그걸 이렇게 할 것이다:

검은 실크천이 흘러내렸을 것이고 그녀의 얼굴은 불빛 아래 민낯으로 드러날 것이다. 그는 손가락으로 그녀의 입술을 만질 것이다. 성기의 음순도 만질 것이다. 그는 감긴 두 눈에, 손가락 아래서 달아나는 그 파랑에 키스할 것이다. 그는 또한 그녀 몸에 있는, 여기저기 혐오스럽고 죄스러운 부위들을 만질 것이다. 그녀가 깨어나면 그는 그녀에게 말할 것이다:

—당신 눈에 키스했어요.

그녀는 다시 누울 것이다, 그녀는 얼굴 위로 검은 실크천을 다시 드리울 것이다. 그는 벽을 따라 길게 누워 잠을 기다릴 것이다. 그녀는 그가 읊었던 문장을 반복할 것이다. 하지만 그의 그 감미로움, 그의 억양을 가지고: 당신 눈에 키스했어요.

한밤중, 그녀는 겁에 질린 것만 같다. 그녀가 몸을 일으킨다. 그녀가 말한다, 언젠가 밤을 보내기로 예정된 만큼으로는 날짜를 넘겨버릴 거라고, 그래도 그들은 그걸 모르고 있을 거라고. 그에겐 들리지 않는다. 그가 잘 때, 그는 듣지 못한다. 그녀는 다시금 눕는다, 그녀는 다시 잠들기가 어렵다, 그녀가 그를 바라본다, 그를 바라본다, 하염없이, 그리고 그녀는 그에게 말을 하면서 그녀가 그에게 말하는 것을, 이 사랑을 듣고 운다.

그는 방안에서 하얀 시트 주위로, 벽을 따라 걷는다. 그가 그녀에게 자지 말라고 요구한다. 벗고 있으라고, 검은 실크천 없이. 그는 몸 주위를 걷는다.

가끔, 그는 이마를 차가운 벽에 기댄 채로 있는다, 거기 험한 바다가 부딪는 곳에.
그녀는 그가 벽 너머로 듣는 것이 무엇인지 묻는다. 그가

말한다:

—전부. 외침뿐만 아니라 부딪는 소리들, 파열하는 소리들, 목소리들도.

그에겐 또한 〈노르마〉가 들린다. 그녀가 웃음을 터뜨린다. 그는 걸음을 멈춘다. 그는 그녀가 웃는 것을 본다, 그는 이 웃음에 어리둥절해한다. 그가 그녀에게 다가간다, 그리고 그는 거기서 줄곧 그녀가 웃는 것을 바라보며, 그러니까 웃는다, 웃고 있다는 것을, 그들의 이야기 전부를 웃음통에 싣는 것을 바라보며 있다.

그녀가 그에게 묻는다: 그런데 〈노르마〉를 누가 부르는 거죠? 그가 말한다, 칼라스라고, 벨리니를 부르는 거라면 그녀밖에 없다고. 그녀가 그에게 묻는다: 그런데 새벽 네시에 이런데 어디에서 〈노르마〉를 부르는 거예요? 그가 말한다, 그건 바닷가에서 자동차에 타 있는 사람들이라고, 그녀가 잘 들어보기만 하면 알 수 있다고. 그녀는 귀를 기울여 듣다가 또 웃는다: 아무것도 없잖아요. 그러자 그가 그녀에게 말한다, 그녀가 〈노르마〉를 듣고 싶다면, 가능한 일이라고. 집에 레코드플레이어가 하나 있다고. 그녀는 그가 가도록 내버려둔다. 그가 문을 다시 닫자 잠시 후 방은 칼라스의 목소리로 가득했다.

그가 돌아온다. 그는 등뒤로 문을 닫는다. 그가 말한다: 당신한테 그걸 강요한다는 게 가당키나 한 일이겠어.

그가 〈노르마〉를 들을 때, 그녀는 그의 손에, 그의 팔에 키스한다. 그는 하게 내버려둔다.

갑자기, 매몰차게, 그가 집 안쪽으로 돌아가, 레코드판을 멈춘다. 그가 나간다.

그는 테라스에 있다. 달은 자취를 감췄다. 하늘은 구름 하나 없다, 파랗다고 할 수 있을 것 같다. 간조다, 해변이 항만 방파제 너머로 적나라하게 드러난다, 그곳은 버려진 땅, 여기저기 물웅덩이로 구멍이 파인, 광활한 지대가 되었다. 지나가는 사람들은 대부분 바다 가장자리를 따라 걷는다, 특히 남자들이. 몇몇은 반대로 방 한쪽 벽 옆을 지나간다. 그들은 쳐다보지 않는다. 오랫동안 그는 그쪽으로 왕래하는 저 사람들에 관해 알지 못했었다. 그는 그 사람들이 근처 어장으로, 시장으로 야간작업을 하러 떠나는 것이라 여겼다. 그는 이 도시를 떠났었다, 아주 어릴 적, 그가 아직 뭘 모르던 그런 나이에. 그는 오랫동안 여기 없었다. 그가 이곳으로 돌아와 살게 된 것은 얼마 전의 일이었다, 겨우 몇 달 전쯤. 그는 정기적으로 이곳을 떠나곤 했다. 언제나 감정적인 이유들로. 그리고 지금까지는 늘 이곳으로 다시 돌아왔던 것이다. 그에겐 이 집 말고는 없었기 때문에, 돌아와 살 곳으로 다른 곳을 찾아본 적은 없었다.

그는 기억한다: 여기서 멀리 떨어져 있으면, 그는 바다를 바라보지 않는다, 바다가 거기, 문 바로 앞에 있을 때조차.

그는 아무것도 하지 않는다. 그는 아무것도 하지 않는 사람이고 아무것도 하지 않는 그 상태가 그의 시간 전부를 차지하고 있는 사람이다. 아마도 그녀, 그녀는 알고 있다, 그가 일하지 않는다는 것을. 어느 날, 그녀는 그에게 말했다, 이 도시에는 일하지 않으면서 여름 별장을 임대 놓는 걸로 살아가는 사람들이 많다고.

지나다니는 사람들은 한결같다: 몇몇은 시내 쪽으로 간다, 이들은 강어귀가 있는 방향으로 걷는다, 이들은 결국 돌아오는 부류의 사람들이다. 다른 사람들은 돌로 만든 미로, 그 거무스름한 덩어리 쪽으로 간다. 이들은 집으로 돌아가는 사람들처럼 걷는다, 아무것도 바라보지 않으며, 아무것도 보이지 않는다.

멀리, 북쪽에는, 돌무더기가 있는 곳이, 나머지 그 옆의 지평선으로부터 불거진 모습이 보인다. 그것은 석회 언덕 아래에 있는, 거무스름한 더미다. 그는 기억한다, 부서진 탈의실들이 있었다, 절벽에서 무너져내린 어느 독일군 요새가 있었다.

방안, 그녀는 노란 불빛의 샹들리에 아래 앉아 있다. 간혹,

오늘밤처럼, 그가 테라스에서 돌아올 때면, 그는 방안에 이 여자가 있다는 사실을 잊곤 했다.

그는 오늘밤 그녀가 평소 오던 시간에서 약간 늦었다는 사실을 떠올린다. 그는 그것을 그녀에게 말하지 않았다. 그는 이 사안에 골몰해 있다. 그녀에게 이 일에 대해 지적하려던 것을 잊고 있었기 때문이 아니라 그보다는 이 늦음이 어쩌다 좀더 나중에, 앞으로 다가올 날들에 있어 언젠가, 그가 그녀를 사랑하기 시작했다고 스스로 생각하게 되는 일이 있을 경우, 그때 생길 수도 있을 모종의 중요성을 띠지 않도록.

그녀가 샹들리에의 불빛 안에 서 있다, 문 쪽으로 몸을 돌린 채. 그녀는 그가 방안으로 나아오는 것을 지켜본다, 여느 날처럼 바닷가 그 카페에서 처음 느꼈던 것과 같은 감정을 가지고. 몸은 전라다, 다리는 소년의 길고 깡마른 그것과 다름없다, 시선은 모호하다, 믿기 어려울 만큼 부드럽다. 그는 손에 안경을 들고 있다. 그는 그녀가 잘 안 보인다.

그가 말한다, 그는 그녀가 써두었을 수도 있는 어떤 책에서처럼 그쪽을 왕래하는 사람들을 보며 바닷가에 있었다고. 그는 떠나지 않았던 것이다. 그는 더이상 버릇 삼아 그러듯 떠나지 않게 되었다. 벌써 수일 전부터는 떠날 생각을 하는 일도 더이상 없게 되었다.

그가 밤마다 테라스로 나가서 바다를 바라보는 그런 습관을 들인 것은 방안에 그녀와 함께 있으면서였다.

그들은 하나같이 잠자코 있다, 종종 그러듯, 오랜 시간.

말을 꺼내는 것은, 침묵 때문에 불안해하는 것은 그녀다.

정말이지, 더는 아무것도 들리지 않는다, 평소와 같은 바닷소리와 바람소리 섞인 그런 소리조차. 그가 말한다: 바다가 너무 멀어요, 잔물결 하나 없이, 정말 그래요, 더는 아무것도.

그녀가 그녀 주위를 살핀다. 그녀가 말한다: 이 방안에서 무슨 일이 벌어지는지 누구도 알지 못해요. 또 앞으로 여기서 무슨 일이 생길지도 누구 하나 말하지 못해요. 그녀가 말한다, 두 문제 다 그들을 지켜보는 사람들에겐 똑같이 소름끼치는 일이라고. 그는 놀란다: 그들을 지켜본다니, 누가? 시내 사람들, 그들에겐 이 집이 빈집이 아니라는 것이 잘 보이죠. 닫혀 있는 덧창을 통해 그들은 빛을 보는 거예요, 그리고 그들은 망설이죠. 뭐라고, 그들이 망설인다고? 경찰을 불러야 하는 것은 아닌지. 경찰이 물어요: 여기 무슨 일로 계십니까? 그러면 그치들은 어떤 이유도 생각해내지 못하죠. 그런 거예요.

그가 말한다: 언젠가 다시없이 서로 모르는 사람일 거예요.

금세 집은 빈집이 되고, 팔릴 거예요. 나한테 아이는 없을 거예요.

그녀는 그의 말을 듣지 않는다. 그녀는 그녀 편에서 말을 한다. 그녀가 말한다:

—어쩌면 바깥의 누군가가 방안에서 무슨 일이 벌어지고 있는지 알게 될 수도 있겠죠. 그저 그들이 자고 있는 모습을 바라볼 뿐일 누군가, 그리고 그 잠으로부터, 몸과 몸의 위치로부터, 방에 있는 사람들이 서로 사랑했는지 아닌지 알 수 있을 누군가가.

그녀는 또한 너무 늦었다는 생각이, 그들은 매일같이 너무 오래 잔다는 생각이 든다. 어차피 그들이 기다리는 것은 아무것도 없는데 이런 게 도대체 뭘 위한 것인지, 그녀는 말하지 않는다. 그녀는 다른 식으로 말한다: 그들에겐 그들 자신에 대해, 그들의 운명에 대해 생각해볼 시간이 필요하다고 그녀가 말하죠.

그녀는 방금 전 잠에서 깼을 때 그녀가 말했던 것을 그가 상기시켜주길 바란다. 그녀는 선잠에 빠져 말을 하고는 잠에서 깨어 자기가 말했던 것을 잘 기억하지 못할 때가 있다. 그러나 이번만큼은 또렷이 기억한다. 자기 목소리와 닮아 있던 어느 여자의 목소리를, 외마디 복잡하고 고통스러운, 생살에서 뜯겨나간 말을, 제대로 알아듣지는 못했지만 그녀를 울게 했던 말을.

그녀는 그녀가 자면서 했던 말이 다시 생각난다. 그녀는 방안에서 흘러가는 시간에 대해 말했다. 그녀는 흘러가는 이 시간을 자기 곁에, 얼굴과 얼굴을 맞대고, 몸과 몸을 맞대고 꼭 붙잡아두고 싶은 이 갈망을 어떻게 말하면 좋을지 정말 알고 싶다. 그녀가 말한다, 그녀는 사물들 사이에, 사람들 사이에 있는 그런 시간, 다른 사람들, 그 가망 없는 인간들이, 그들에 겐 중요하지 않아 내던져버린 시간에 대해 말을 하는 것이라고. 그러나 그녀는 말한다, 그녀, 그녀가 얻고자 애쓰는 저 시간을 생겨나게 하는 것은 아마도 그것에 대해 말하지 않는 데 있다고.

그녀가 운다. 그녀가 말한다, 가장 끔찍한 것, 그것은 연인들의 망각, 파란 눈 검은 머리의 저 젊은 외국인들의 망각이라고. 그는 미동도 없이 그대로 있다, 시선을 돌린 채. 그녀가 눕는다, 그녀는 시트를 다시 덮고 자신의 얼굴을, 그녀는 그것을 검은 실크천으로 가린다. 그는 때때로 그녀의 잠을 깨우는 이

이상한 이야기에서 문제되는 것은 다름아니라 흘러가는 시간임을 돌이켜 생각해본다.

그녀가 말이 많다.

밤이면, 종종 그녀는 그렇다. 그는 그녀가 이야기하는 모든 것을 주의깊게 듣는다. 오늘밤, 그녀가 말한다, 그들이 헤어진다 하더라도 그들은 어떤 특별한 밤에 대한 기억도, 다른 말들, 다른 이미지들과 따로 구별되는 어떤 말, 어떤 이미지에 대한 기억도 가지지 못할 거라고. 그들은 방의 공허, 노란 불빛의 극장, 하얀 시트들, 벽들에 대한 어떤 정형의 기억만을 가지고 있을 거라고.

그는 그녀와 아주 가까이 눕는다. 그는 그녀에게 질문하지 않는다. 그녀는 너무 피곤하고 갑자기, 눈가에 눈물이 그렁하다. 그가 말한다: 우리에겐 검은 실크천에 대한 기억이, 두려움과, 밤에 대한 기억이 있을 거예요. 그가 말한다: 욕망에 대한 것도. 그녀가 말한다: 그렇겠죠, 서로가 서로에게 가진, 그걸로 아무것도 하지 않는, 우리의 욕망에 대한 기억이.

그녀가 말한다: 우리는 거짓말을 했어요. 우리는 방에서 무슨 일이 벌어지는지 알고 싶은 게 아니에요. 그는 그녀가 왜 그렇게 피곤한지 묻지 않는다.

그녀가 완전히 돌아눕는다. 그녀는 그의 몸을 따라 길게 누워 있지만 그에겐 다가가지 않고 그저 거기 그대로 머문다, 여전히 검은 실크천 아래 얼굴을 두고.

그녀가 말한다, 오늘 저녁 그의 집에 오기 전 그녀는 어떤 남자와 함께 있었다고, 그녀는 그에게 품었던 그 욕망을 가지고 그 다른 남자에게서 아주 강렬한 쾌락을 맛봤다고, 그러니까 그녀가 피곤했던 건 그 탓이라고.

한참 동안 그녀는 그에 대해 전혀 아무것도 모르고 있다. 그러자 그가 말을 한다. 그가 묻는다, 그 남자는 어땠냐고, 그의 이름은, 그의 오르가슴은, 그의 피부는, 그의 성기는, 그의 입, 그의 신음소리는. 새벽까지 그는 묻는다. 끝에 가서는 다만, 그의 눈 색깔을. 그녀는 잠을 잔다.

그는 그녀를 바라본다. 머리칼의 곱슬진 덩어리 속, 그 검은 광택 깊숙한 안쪽에는, 속눈썹의 반짝임을 닮은 적갈색 은은한 빛. 그리고 파랗게 칠한 눈. 또 이마에서 발까지, 코와, 입을 중심으로 시작되는 몸의 저 균형미, 몸 전체를 따라 그렇게 되풀이되고 또 되풀이되는 것, 똑같은 박자와 똑같은 힘과 똑같은 연약함으로 그렇게 반복되는 것. 아름다움.

그가 그녀에게 말한다, 그녀는 아름답다고. 그가 지금껏 봤던 그 어떤 것보다도 아름답다고. 그가 그녀에게 말한다, 첫날 저녁, 그녀가 방문에 나타났을 때, 그는 그것 때문에 울었다고. 그녀는 그런 걸 알고 싶은 게 아니다, 그녀는 이 재앙에 대해 말해지는 것이라면 더는 귀기울이지 않는다.

그는 그녀에게 삼 일 전에 이미 그녀가 평소 오던 시간에서 늦은 적이 있다는 사실을 상기시킨다. 그는 그녀에게 묻는다, 그 일의 원인이 그 남자였냐고. 그녀는 기억하려 애쓴다. 아니, 그 남자 때문은 아니었어요. 그가 말하는 그날에, 그는 해변에서 그녀에게 다가갔었다. 그들이 처음으로 호텔방에 갔던 날은 오늘이었다.

그날 저녁부터 그녀는 그녀가 와야 할 시간보다 더 늦게 도착할 것이다. 그녀는 왜 자기가 늦는지 나서서 말하지는 않는다. 그가 그녀에게 물어야 한다, 그래야 그녀가 말한다. 그 남자 때문이다, 오후에 그녀는 그를 다시 만난다, 그들은 계약으로 정해진 시간, 그녀가 밤을 보내기 위해 이 방으로 오는 그 시간까지 함께 있다. 그 남자는 그의 존재를 안다. 그녀가 그에게 그에 대해 말했다. 그 역시 그녀가 다른 남자에게 갖는 욕망에 극도의 격정적인 쾌락을 만끽한다.

　그녀가 그에게 그 남자에 대해 말할 때, 그녀의 눈은 늘 그를 바라보고 있다. 아주 자주 그녀는 잠들기 직전에 대해 말한다.

　그녀가 잠들 때면, 그는 그것을 반쯤 열린 그녀의 입과, 눈꺼풀 아래 떨림이 멎고 갑자기 얼굴 이면으로 파묻히는 눈을 보고 안다. 그러면 그는 그녀가 살그머니 바닥 쪽으로, 그의 시야 안으로 흘러들게 한다. 그녀가 잔다. 그는 바라본다. 검은 실크천을 미끄러뜨린다, 얼굴을 바라본다. 얼굴을, 언제까지나.

　오늘 저녁, 그녀의 눈화장은 다른 남자의 키스에 먹혔다. 속눈썹이 날것 그대로 드러나 있다, 그것은 적갈색 짚의 색을 띤다. 그녀의 가슴에는 군데군데 엷은 키스 자국이 있다. 양손은 펴져 있다. 손은 아주 약간 더러워져 있고, 냄새는 달라져 있다.

　그녀의 말마따나 그 남자는 실재한다.

　그가 그녀를 깨운다.

　그가 그녀에게 한꺼번에 묻는다, 그녀는 어디서 온 것인지, 그녀는 누구인지, 그녀의 나이와, 그녀의 이름을, 그녀의 주소, 그녀의 직업을.

그녀는 아무것도 말하지 않는다. 그녀가 어디서 온 것인지. 그녀가 누구인지. 그녀는 자기 이름도 알려주지 않는다.

그걸로 끝이다. 그는 보채지 않을 것이다. 그는 다른 말을 한다.

그가 말한다: 당신 머리에, 당신 피부에, 뭔가 다른 향이 배어 있네요. 그게 뭔지 말하기는 힘들지만.

그녀는 그걸 말하려고 눈을 내리깐다. 그건 이제 그녀 자신만의 향기가 아니다, 그건 그 다른 남자의 향기이기도 하다. 그가 원한다면, 그녀는 자기 몸에 오로지 그 남자의 향기만을 품고 올 것이다, 내일, 그가 그걸 원한다면. 그는 자신이 그걸 원하는지 아닌지 말하지 않는다.

어느 밤 그는 그녀에게 묻는다, 왜 그 해변 카페에서 자기 테이블로 왔는지. 왜 며칠이고 밤을 지새워야 하는 계약을 받아들였는지.

그녀는 기억을 뒤져본다. 그녀가 말한다:

—왜냐면 당신이 그때 그 차분한 고통에 겨운, 그런 상태로, 그 카페로 들어오자마자, 당신 기억하죠, 당신 죽고 싶어 했잖아, 또 내 쪽에서도 그런 연극적이고도 피상적인 방식으

로 죽고 싶었으니까요. 당신이랑 같이 죽고 싶었어. 나는 속으로 이런 말을 했어요: 내 몸을 그의 몸에 다가붙이기 그리고 죽음을 기다리기. 아마 상상이 갈 테지만, 나는 내 바탕부터가 애초 당신은 건달이거나 내가 당신을 무서워하는 게 당연하다는 생각이 들게 할 만한 교육을 받았는데, 당신은 울고 있었고, 나는 그거 말고는 보이는 게 없었고 그래서, 나는 남았어요. 그게 그 국도에서의 아침이에요, 나한테 돈을 내고 싶다고 당신이 말할 때, 나는 당신이라는 사람의 있는 전부를 다 바라보고 있었어요. 나는 광대 옷과 당신 눈가에 칠해진 파란색 아이새도를 봤어요. 그때 나는 알았어요, 내가 착각하지 않았다는 것을, 내가 당신을 사랑하고 있다는 것을, 왜냐하면, 전에 내가 배웠던 것과는 달리 당신은 건달도 살인자도 아니니까, 당신은 삶에서 벗어나 있던 거니까.

그는 웃음 속에서 눈물로 인한 경련과, 부재가, 그리고 시선 속에서는, 새로운 위선이, 일이 시작되고 보름 후인 지금 생겨난 그런 위선이 느껴진다고 생각한다. 그는 그것이 섬뜩하다.

그녀가 말한다:

—나는 당신을 몰라요. 누구도 당신을 알 수 없고, 당신이 처한 곳에 놓일 수 없죠, 당신은 자리를 가지고 있지 않아요,

어디서 자리를 찾아야 하는지 당신은 모르고 있어. 그리고 그런 이유로 그래요. 나는 당신을 사랑하고 또 당신은 정처없이 있어.

그녀가 눈을 감는다. 그녀가 말한다:

—바닷가 이 집에서, 당신은 후손 없는 민족처럼 정처없이 있어요. 그 카페에서, 나는 그런 이름, 그런 위치를 갖길 바라는 당신을 봤어요. 나는 내 삶의—내 젊음 한가운데서의—한 순간을 당신과 함께 있었고 난 마치 그 길 잃은 민족이 또한 나의 민족인 양 굴었죠.

그녀가 멈칫한다, 그녀가 그를 바라본다, 이어 그녀가 그에게 말한다, 맨 처음 그들이 만나고 몇 시간 동안 그녀는 누구나 자기가 죽기 시작했다는 것을 알게 되듯이 자기가 그를 사랑하기 시작했음을 알게 되었다고.

그는 그녀가 죽음에 익숙한지 묻는다.

그녀가 말한다, 그녀는 그렇다고 생각한다고, 그건 누구나 가장 쉽게 익숙해지는 문제라고. 그녀가 말한다:

—그러다가, 밤이 끝나갈 즈음, 그땐 이미 내가 거부하기엔 너무 늦었던 거예요. 당신을 더는 사랑하지 않기엔 늘 그렇듯 너무 늦고 말았어요. 돈은, 당신 이렇게 생각했죠, 죽음을

확실히 해줄 거라고 그래서 당신은 그걸 이유로, 그러니까 당신을 사랑하지 말라고 내게 돈을 지불했죠. 그런데 나는요, 그 모든 수작을 보면서 그저 당신은 아직 꽤 어리고 또 당신이 하는 돈 얘기는 아무짝에도 쓸모가 없다는 것을 알게 됐을 뿐이에요.

그는 시내의 그 남자에 대해 알고 싶다.

그녀가 그에게 말한다: 그들은 어느 호텔방에서 오후에 만나곤 하는데 그곳은 그들이 낮 동안 언제든 와서 만날 수 있게끔 그가 한 달간 빌려둔 곳이에요. 그들은 그 방안에서 약속한 시간까지 함께 있죠. 가끔 그가 오지 않아서 그녀가 잠드는 일이 있고, 그러니까 그게 그녀가 몇 번인가 늦은 이유예요. 평소 그녀를 깨우는 것이 그 사람이거든요. 그가 거기 없으면, 그녀는 잠에서 깨지 않아요. 가끔 또 그녀는 방을 나서는 것과 동시에 곧장 그 호텔로 가서 다음날 저녁까지 내내 그곳에 있곤 해요.

그녀는 그에게 자기가 교수직을 그만뒀다는 사실을 알린다. 그는 그녀에게 소리친다. 정신 나갔구나, 미쳤어, 그가 말한다. 나 당신 먹여 살릴 도리는 없으니까, 꿈도 꾸지 말아요. 그녀가 많이 웃는다, 아주 많이, 그러자 마침내 그도 그녀와 함께 웃고 만다.

　그는 그녀 곁에 누워 있다. 그녀는 검은 실크천을 드리운 채 눈을 감고 있다. 그녀가 두 눈을, 눈가의 우묵한 자리를, 입을, 뺨 아래로 떨어지는 턱선을, 이마를 쓰다듬는다. 그녀는 보이지 않는 눈으로 피부 너머, 뼈 너머의 다른 얼굴을 찾고 있다. 그녀가 말한다. 그녀가 이 사랑은 인도의 광활함만큼이나 살아내기 끔찍하다고 말한다. 그러다 그녀는 소리를 지른다.

　그녀는 마치 거기에 데었다는 듯이 방의 남자의 얼굴에서 손을 뺀다, 그녀는 그에게서 얼굴을 돌린다, 그녀는 바다 쪽 벽을 받을 정도로 몸을 던지려 한다. 그러다 그녀는 소리를 지른다.

　그녀는 오열한다. 그녀는 지금 이 순간 그녀의 눈앞에 보이는, 살아야 하는 모든 이유의 상실 앞에 있다.

　일은 죽음의 돌발성을 띤 채 일어난다.

　그녀가 누굴 부른다, 아주 나지막하고, 먹먹한 목소리로, 그녀가 그를 부른다, 마치 그가 여기 있다는 듯이, 마치 그녀가 죽은 이에게나 그리할 것처럼, 난바다 너머로, 대륙 너머로, 그녀는 모든 것의 이름을 가지고 단 한 명의 남자를 부른다, 동양권의 흐느끼듯 울려오는 모음이 내는 중설음, 어름 그날 하루가 끝나갈 무렵 호텔데로슈의 꼭대기에서 들려온 울림에 묻힌 음성으로.

그녀는 그에게서, 여기 이 남자에게서 멀리 떨어져 운다, 그의 행동과는 무관하게, 모든 이야기보다도 앞선 이편에서, 그녀는 존재하지 않았던 이야기를 울음으로 간직한다.

남자는 다시금 방의 남자가 되었다. 그는 혼자다. 앞서 그녀가 소리쳤을 때, 그는 그녀를 바라보지 않았다, 그는 가버리려고, 달아나려고 몸을 일으켜세웠다. 그러고 나서 그는 이름을 들었다. 그제서야 천천히 그는 그녀 곁으로 돌아왔다. 그가 말했다:

—신기하죠, 나는 당신 입장에서 기억하려고 애쓰는데, 마치 그게 가능하기라도 한 것처럼, 그렇게 할 수 있을 것만 같거든요, 다시 생각해내는 거요, 상황이나, 그 장소, 그 말들…… 근데 또 동시에 나는 그게 불가능하다는 것을 알아요, 왜냐하면…… 그런 일은, 너무 끔찍해서, 그걸 내가 잊어버렸다는 게 외려 이상한 일일 테니까.

마치 그는 말을 하지 않은 것만 같았다. 그녀는 내내 그에게서 돌아선 채로, 얼굴은 벽을 마주하고 있다. 그녀는 그에게 떠나라고 말한다. 그녀는 그에게 집 안쪽으로 가달라고, 자길 혼자 있게 내버려둬달라고 부탁한다.

하루 온종일 그녀는 그저 방안에 있는다.

그가 방으로 돌아올 때, 그녀는 문을 열어두고 문틀 가운데에 있다, 하얀 옷을 입고.

그녀가 웃는다, 그녀가 말한다:

—무서운 거예요.

그는 무엇이 무서운 거냐고 묻는다. 그녀가 말한다:

—우리만의 이 사적인 얘기가.

그는 그녀에게 무슨 일이 있었는지 묻는다. 그녀가 말한다, 그녀가, 그녀가 쓰다듬고 있었던 것은 분명 그의 얼굴이었다고, 하지만, 어쩌면 어느새, 그녀도 모르게 무의식적으로, 그녀는 그의 얼굴이 아닌 다른 얼굴을 찾고 있었다고. 갑자기 그 다른 얼굴이 그녀의 손 아래 있었다고.

그녀가 내놓는 해명들, 그는 그것들을 마음에 두지 않는다. 그녀가 말한다:

—모르겠어요, 무슨 유령 같았는데, 그래서 내가 그렇게 겁을 먹었던 거예요.

그녀가 말한다, 그들은 어떤 책 속에 같이 붙들린 것이나 마찬가지라고, 그래서 그 책의 끝과 함께 그들은 도시의 해산 解散과 마주할 것이라고, 또다시 헤어질 거라고.

그녀는 사건을 가볍게 이야기할 것이다. 그녀는 이렇게 말할 것이다:

—그건 물론 여기서 멀리 떨어진 어딘가에서 일어난 일일 수도 있었겠죠, 한 몇 년 전쯤, 어느 외국 땅에서, 눈부신 어느 여름 동안, 당신에게였다면 당신을 울게 했던 그 바캉스 동안의 죽을 것만 같은 고통처럼, 그건 잊힐 수도 있었겠죠, 더이상, 아니 다시는, 절대로, 꿈에 나오지도 않을 정도로, 그러다 갑자기 손에 잡힐 듯 처음의 그런, 어떤 미친 사랑의 힘을 가지고, 되살아날 수도 있었겠죠, 난데없이.

그가 말한다, 파란 눈 검은 머리의 젊은 외국인이 가진 눈을 잊어버리는 일이 처음으로 생기고 있다고. 잠에서 깨면 가끔은, 심지어 그런 얘기가 있었는지조차 그는 의심스럽다. 가령 그녀, 그녀가 뭔지 알지도 못하면서 찾으려 애쓰던 그 얼굴처럼, 젊은 외국인의 얼굴은 그에게 또다른, 그러나 도래할, 어떤 얼굴을 그 안에 숨기고 있음이 틀림없다. 그가 말한다, 그가 아직 기억하는 그 맹목의 얼굴이 지금은 그에게 적의를 가진 듯하다고, 포악한 듯하다고.

그녀가 그에게 말한다, 그녀가 사랑하고 싶었던 사람은 오래전부터 아마 그였을 거라고, 가짜 애인, 사랑을 하지 않는 남자.

그가 말한다:

—나를 알기 전에도 그럼 그건 이미 나였군요.

—네, 연극의 배역처럼, 심지어 당신이 존재한다는 사실을 알기 전부터도.

그는 무언가 두려움을 느낀다. 그는 그런 걸로, 무언가 그런 것들을 가지고 말하는 것을 좋아하지 않는다. 그가 말한다, 그들은 아무것도 모르는 것에 대해 말해왔다고. 그녀는 그 말에 수긍이 가질 않는다. 그녀가 말한다:

—당신이 틀려요, 아마 그게 아닐 거예요. 누구나 어떤 방식으로든 다 알고 있어요, 내 말은 그러니까 모든 것과 모든 사람이요. 죽음을 보세요, 누구나 그걸 잘 알고 있잖아요.

그는 오래도록 움직이지 않고 노란 불빛 안에, 말들의 공포스러운 울림 안에 있다. 그는 그녀에게 좀더 가까이 오라고 말한다. 그녀는 그렇게 한다, 그녀는 그에게 아주 가까이 다가가 눕지만 그의 몸과는 조금도 닿지 않은 채로 있다. 그는 그녀가 손 아래서 느낀 것이 누군가 죽은 이의 얼굴이었는지 묻는다.

그녀는 대답이 더디다. 그녀가 아니라고, 아마 아닐 거라고 말한다.

그는 그녀가 빛 속으로 오길 바란다. 그녀는 아직 갈 수가 없다. 그녀는 그에게 자길 내버려둬달라고 부탁한다. 그는 그녀를 내버려두지 않는다, 그는 그녀에게 질문한다, 그러면 그녀, 그녀는 대답한다:

—왜 소리질렀죠?

—천벌인 줄 알았으니까.

그들은 잔다, 그들은 깨어난다, 그는 다시 묻는다, 그 사랑이 어땠는지, 그게 어떻게 지나갔는지. 그녀가 말한다:

—시작과 끝이 있는 여느 사랑처럼요. 잊지 못한다지만 그럼에도 잊어버리는, 그 이상은 몰라요.

그녀가 말한다, 사람들은 지금 그들이 사는 모양새로 살게 될 거라고, 사막에 내버려진 육체를 가지고 그와 함께, 마음속에는, 단 한 번의 키스와, 단 한 마디 말과, 단 한 조각 시선을 하나의 오롯한 사랑을 떠안는 기억으로 품고서.

그녀가 잔다.

그가 말한다: 유달리 아늑한 어느 저녁이었어요, 바람 한 자락 없는, 도시 사람 모두가 밖에 나와 있었죠, 들리는 말이

라곤 그저 공기의 포근함이나, 식민지의 온도, 봄의 이집트, 남대서양의 섬들에 관한 것들이었어요.

사람들은 일몰을 바라보고 있었어요. 로비는 바다 위에 놓인 유리감옥을 닮아 있었죠. 안에는, 여자들이 아이들과 함께 있었어요. 그녀들은 여름 저녁녘에 대해 이야기했죠. 그녀들이 말했어요, 이건 무척 드문 일이라고, 아마 계절에 서너 번 정도, 그러니까 그만큼, 신이 이토록 아름다운 여름날을 한 번이라도 더 누려도 된다고 해주실지 아무도 모르니까, 죽기 전에 만끽해야 한다고.

남자들은 야외의 호텔 테라스에 있었어요. 그들의 말소리가 그녀들, 로비에 있는 그 여인들의 말소리만큼이나 또렷하게 들렸죠. 그들 역시 몇 번의 지난여름에 대해 말했어요. 하는 말은 다들 똑같았어요. 목소리들도, 어디서나 똑같이 엷고 비어 있었어요.

그녀는 잠을 잔다.

—나는 호텔 정원을 가로질렀어요. 열려 있는 한쪽 창문으로 다가갔죠. 남자들이 있는 테라스로 가고 싶었지만, 감히 그러지 못했어요. 나는 거기서 가만히 여자들을 바라봤어요. 예뻤어요. 태양 정중앙을 뒤로하고 바다 위에 놓인 그 로비는.

그녀가 잠에서 깬다.

—내가 창문 근처에 도착해서 그를 보고 난 뒤 얼마 지나지 않았을 때네요. 그는 정원과 연결된 문으로 들어왔을 거예요. 나는 그를 봤어요, 마침 그가 로비를 질러가는 중이었거든요. 그는 나와 단 몇 미터 떨어진 곳에 멈춰섰어요.

그가 미소 짓는다, 그는 태연한 척하려고 애써보지만, 두 손이 떨리고 있다.

—일이 생긴 게 거기였어요. 내가 당신에게 말하지 않았던 그 사랑, 그게 거기 있었어. 바로 거기서 나는 하염없이 보고 있었어요, 파란 눈 검은 머리의 젊은 외국인을, 그날 저녁 바닷가 카페에서, 당신이 있는 앞에서 내가 죽고 싶었던 이유인 그 사람을—그가 미소 짓는다, 그는 대수롭지 않다는 듯 굴지만 여전히 떨고 있다.

그녀가 그를 바라본다, 그녀는 그 말을 되뇌다 이렇게 말한다: 파란 눈 검은 머리의 젊은 외국인.

그녀가 미소 짓는다, 그녀가 묻는다: 전에 당신이 내게 말했던 사람, 하얀 옷을 입은 그 여자와 함께 떠났다는 사람이죠?

그가 시인한다: 그래요.

그녀가 말한다:

—그날 저녁, 나는 로비를 지나갔어요, 겨우 몇 분가량이

었지만, 프랑스를 떠나기로 되어 있던 누군가를 배웅하는 길이었어요.

그녀는 로비 안에서 여자들이 내던 소리를, 여름의 끝자락에서 그날따라 유독 온화했던 저녁녘에 관해 들리던 이런저런 말들을 기억한다.

그러나, 그 저녁녘 자체에 대해서는, 그녀는 기억하지 못한다.

그녀는 애써본다. 그랬다, 그녀는 어느 저녁녘의 희소함을 눈앞에 두고 많은 사람이 내보인 경탄을 기억한다, 사람들은 그 저녁녘을 훗날 아이들에게 이야기해줄 수 있도록 뇌리에서 사라지지 않게끔 간직해야 할 무언가인 양 말하곤 했다. 그런데 그런 만큼 그녀, 그녀로서는 여름 그날의 저녁녘을 감추는 편을, 잿더미로 만드는 편을 택했을 것이다.

그녀는 오랫동안 입을 다물고 있다. 그녀가 운다.

그녀가 말한다, 그녀는 특히 호텔데로슈의 방에서 가려진 커튼 사이로 보이던 붉은 하늘을 기억한다고, 거기서 그녀는 자기가 모르던 남자, 파란 눈 검은 머리의 젊은 외국인과 사랑을 나눴다고.

이번엔 그가 운다. 그는 말이 없다. 그는 그녀에게서 멀리 떨어진다.

그녀가 말한다. 여름이면 이 휴양지엔 프랑스어를 배우러 오는 외국인들이 많다고, 다들 예외 없이 검은 머리에다가 이따금 파란 눈인 사람도 있다고. 그녀는 덧붙여 말한다: 또 어떤 스페인 사람들처럼 거무스름한 얼굴도요, 당신도 느꼈나요? 그는 알고 있었다. 네.

그가 그녀에게 묻는다. 그날 밤 어느 한 시점에, 로비에서, 그녀 곁에, 아주 짧은 시간이었겠지만, 단 몇 초 정도라도 하얀 옷을 입고 있던 또다른 아주 젊은 남자, 파란 눈 검은 머리의 또다른 젊은 외국인이 있지는 않았냐고. 그녀가 묻는다:

―하얀 옷이라고 한 거죠?

―이제 아무것도 확실친 않지만, 내 기억엔, 하얀 옷, 그게 맞았던 것 같아요. 예뻤고.

그녀는 그를 바라본다. 이제 묻는 쪽은 그녀다:

―그게 누군데요?

―모르겠어요. 알았던 적이 없죠.

―근데 왜 그가 외국인일 거라고?

그는 대답하지 않는다. 그녀가 운다, 그녀는 눈물을 글썽이며 그에게 미소를 지어 보인다.

―그가 영원히 떠났으면 해서?

―아마도.

그 또한 눈물을 글썽이며 그녀에게 미소를 지어 보인다.

—더, 더 깊이 절망하려고.

그들은 운다. 이번엔 그가 묻는다:

—그럼 그 남자도 진짜로 떠났어요?

—네. 그 사람도 아주 가버렸죠.

—사연 하나 가지게 됐네요.

—우리는 호텔데로슈의 그 방에서 삼 일을 꼬박 있었어요. 그런 뒤에 그가 떠나기로 한 날이 왔어요. 당신이 말한 그 여름날이요. 로비에서 고작 몇 분 본 것 말고는 내가 아무것도 보지 못했던 날. 내가 방에서 먼저 내려갔고 그가 내 뒤를 좇아오게 됐어요. 늦었었거든요.

그는 망설인다. 그는 그녀에게 그 말을 해달라고 한다. 그녀가 그에게 그 말을 한다:

—아니. 그는 여자들과 함께 있길 좋아했어요.

그는 설교조의 문장을 읊는다:

—빠르든 늦든 머잖아 그는 우리에게 왔을 겁니다. 다들 그렇게 오거든요. 필요한 만큼 기다리기만 하면 되는 거죠.

그녀는 웃는다, 그녀가 말한다:

—그라면 방안에 그냥 가만히 있지는 않았겠죠.

그는 눈을 감는다. 그가 말한다, 여름빛으로 가득한 로비가 다시 보인다고. 그가 묻는다:

─그는 당신을 떠나고 싶어하지 않았다, 그런 건가요?

─그래요, 그는 그러고 싶어하지 않았어요. 그는 그걸 바라지 않았어요.

─당신이 말했던 죄, 그게 그거였나요?

─그거죠.

─당신의 이별.

그녀는 그를 바라보지 않는다. 그녀가 말한다: 네. 그녀가 말한다:

─왜냐고요? 잘 봐봐요…… 나는 몰라요. 나는 아직도 모르겠어요, 아마 언제까지고 알 수 없겠죠. 아름다움이란 아마, 그건 놀랍고, 믿을 수 없을 정도였겠죠. 또 그런 것도 있었어요, 뭔가 의미가 있는 것 같은 그런 심오한 아름다움, 그게 가슴을 찢을 때면, 아름다움이란 늘 그렇듯이. 흔히들 생각하던 것과 반대로, 그는 북쪽에서 왔어요. 밴쿠버에서. 유대인, 그럴 거예요. 그는 신이라는 관념에 열려 있는 사람이었으니.

그녀가 말한다: 어쩌면 행복이라는 관념에, 무섭긴 하지만.

그녀가 말한다: 아니 어쩌면 욕망이라는 관념에, 너무 강렬하고 끔찍한, 그런.

그가 그녀에게 묻는다:

—당신 자면서 가끔 어떤 이름, 어떤 말 같은 걸 소리로 내
곤 해요. 아침이 다 될 때쯤의 일인데, 그걸 들으려면 당신 얼
굴에 아주 가까이 있을 수밖에 없죠. 무슨 말이라고 하기는 어
렵지만, 그게 호텔에서 소리지르던 목소리가 외친 것과 비슷
하다고 생각해볼 수는 있겠죠.

그녀는 그에게 그 말에 대한 얘기를 한다. 그 말은 그녀가
그를 부르던, 그리고 그 응답으로, 그 마지막 날에 그가 그녀
를 불렀던 하나의 이름이었다. 그것은 사실 그 자신의 것이었
지만 그녀에 의해 일그러진 그의 이름이었다. 그가 떠나던 날
의 그 아침, 그녀는 열기 때문에 텅 비어버린 해변을 마주하고
그 이름을 적어보기도 했다.

그녀는 그가 자는 것을 지켜보고 있었다. 정오에 다다를 무
렵이었다. 그녀는 그가 그녀를 다시 한번 안을 수 있도록 그를
깨웠다. 그가 눈을 떴다. 움직임 하나 없었다. 그를 안은 것은
그녀였다. 그녀는 직접 그가 자기 안으로 깊숙이 들어오게 했
지만, 그러는 동안 그녀 아래에서 그는 그녀를 떠나야만 한다
는 고통으로 생기를 잃고 있었다. 그리고 그가 그녀를 자기 자
신의 이름으로, 그녀로 인해 일그러진 그 동양권의 이름으로
부른 것이 그때였다.

그들은 마지막으로 한 번 해변에 갔었다. 그후 그들은 출발 시간까지 무엇을 해야 할지 더는 알지 못했다.

그는 짐을 가지러 방에 다시 올라갔었다. 그녀, 그녀는 그곳으로 돌아가고 싶지 않았다. 그때 그가 그녀를 불렀을 법했다, 방에서 다시 내려오기 전 그녀가 로비에서 달아나버릴지도 모른다는 불안에.

그녀는 호텔 꼭대기에서 들려온 울부짖음을 기억한다. 그 마지막 순간 그녀는 정말로 도망치고 싶은 기분이 들었지만 예의 그 울부짖음이 그녀를 로비에 붙잡아두었다.

그는 그가 울고 있었는지 묻는다. 그녀는 모른다, 그녀는 더는 그를 바라보지 않았다, 그녀는 그를 잃고 싶었다.

그리고 시간이 왔다.

─나는 비행기 타는 곳까지 그를 따라갔어요. 국제적인 관습이죠.

─나이가?

─스무 살.

─그렇군요.

그가 그녀를 바라본다. 그가 말한다: 같은 나이네. 그가 말

한다:

—처음 왔을 때, 당신은 방에서 잠을 많이 잤어요. 그건 그 사람 때문이었고, 나란 사람은 그걸 모르고 당신을 깨우곤 했어.

그들이 다시 말을 꺼내기까지 시간이 길다. 그녀가 말한다:

—그의 이름을 가지고 문장을 하나 만들어본 적이 있어요. 그 문장에 나와요. 모래의 나라가. 바람의 수도가.

—그 문장 다시는 입 밖에 내지 못할 거예요.

—언젠가 다른 사람들이 날 위해 읊어주겠죠.

—그 문장 안에 있다는 그 말로 뭘 말하고 싶은 거죠?

—어쩌면 그 아침, 그의 잠 앞에 선 운명의 평등이랄까? 해변 앞에서, 바다 앞에서, 내 앞에서? 모르겠어요.

그들은 다시 입을 다문다. 그가 묻는다:

—어쨌든 당신은 돌아올 거라는 말을 써서 그가 보냈을 편지를 기다렸던 건가요?

—맞아요. 나는 그의 이름도 그의 주소도 몰랐지만, 그는 우리가 지냈던 호텔 이름은 알고 있었으니까. 나는 봉투 위에 그 말이 적힌 편지가 올 수도 있다고 호텔 측에 미리 말해뒀어요. 아무것도 받지 못했지만.

—죽으려고 할 수 있는 건 다 했네요.

그녀가 그를 바라본다, 그녀가 말한다:

—우리는 달리 할 수 있는 게 없었어요. 내가 더 죽으려고 당신 집에 오기까지 했잖아.

그는 그 말을 해달라고 그녀에게 부탁한다. 그는 그녀가 그 것을 말하는 것을 듣는다, 두 눈을 감고. 몇 번이고 다시 또 시 그것을 말해달라고 그가 부탁한다, 그녀가 그것을 그에게 말해준다, 그러면 그는 언제까지고 그녀의 말을 듣는다. 그가 운다. 그가 말한다, 호텔에서 소리쳤던 사람은 분명 그녀였다 고. 들은 지 얼마 되지 않은 것처럼 그 목소리가 그의 귀에 선 했다. 그녀는 부정하지 않는다. 그녀가 말한다: 당신 좋을 대 로 해요.

그는 여전히 두 눈을 감은 채 파란 눈 검은 머리의 젊은 외 국인 앞에 있다. 그가 말한다, 그로서는 그 말이 무슨 말인지 이해가 안 된다고, 그는 자기한테 그 말이 막 들려오는 그런 순간이 되기 전까지는 그 말에 아무런 의미가 없으리라 생각 했다고, 파란 눈 검은 머리의 그 젊은 외국인이 어느 여자와 함께 있던 호텔데로슈의 방에서 그 말을 들었을 때처럼.

이제 그녀, 그녀는 저 여름을 똑똑히 기억한다, 그날의 저 녁녘과, 활짝 열린 채 바다를 따라 길게 늘어선, 그리고 사물의 아름다움 앞에 순간 침묵하는 그 빛의 우리들을.

그는 그녀에게 그녀가 자는 모습을 보고 싶으니 오늘밤만큼은 얼굴에 검은 실크천을 드리우지 말아달라고 부탁한다.

그는 파란 눈 검은 머리의 젊은 외국인이 파고들었던 여자가 자는 모습을 바라본다. 아침이 오면, 그는 자기 자신의 잠에 대해 이야기한다, 그는 그녀의 꿈을 꾸고 싶다, 그는 여자가 나오는 꿈을 꾼 적이 단 한 번도 없다, 그의 기억에 남는 어떤 꿈도 없다. 그것이 아무리 보잘것없고 가난한 꿈이라도, 그 안으로 여자가 섞여드는 그런 꿈은.

날은 더 짧아지고, 밤은 더 길어진다, 겨울이 온다. 일출이 가까워지는 시간, 한기가 방안으로 밀려오기 시작한다, 아직 심한 것은 아니지만 매일 있는 일이다. 그는 빈집 한쪽으로 담요를 가지러 갔다.

오늘은 폭풍우가 친다, 바닷소리가 바로 가까이 있다. 방벽을 억척스레 때려대는 거대한 파도다. 방, 날씨, 바다가 이루는 모든 것이 이야기가 되었다.

그는 프랑스를 떠나는 것에 대해, 어딘가 더운 지방에 있는 외국으로 가는 것에 대해 말한다. 그는 프랑스의 겨울이 두렵다. 그는 여름을 보내러 내년에 돌아올 것이다.

그녀가 말한다. 그가 떠나겠다는 말을 할 때마다 그녀의 머릿속에 그리고 이 집 주위에 죽음의 개들이 내는 소리가 들린다고.

그녀가 그에게 묻는다: 외국엔, 뭐하러요? 그는 모르겠다, 아무 이유 없을지도, 아니면 책이라도 한 권 쓸까 해서. 아마 누군가를 만날지도. 그는 죽기 전의 마지막 만남 같은 것을 기다리고 있다.

그녀가 잔다. 그는 그녀가 자고 있는 동안 그녀에게 말을 건넨다.

그녀는 그와 가까운 곳 바닥에 누워 있다. 그녀는 자고 있다. 그가 말한다:

—당신이 무슨 생각을 하는지 나는 하나도 모르겠어요. 내가 말한 것에 당신이 괴로워할 수도 있을까, 그런 건 상상조차 되지 않아. 나는 아무 말도 안 하고 있잖아요. 진실 따위를 말한 적도 없죠. 난 그게 뭔지 모르니까. 괴롭히려는 말은 하나도 하지 않아요. 나중에서야 그러는 거예요. 당신이 괴로워하면, 그때서야 내가 말했던 게 무섭게 느껴져.

그는 주저하다가 이내 그녀를 깨운다. 그가 말한다:

─남은 밤을 셀 필요는 없어요. 우리 이별 전까지 아마 며칠 정도는 더 남았을 거야.

그녀도 그걸 알고 있다: 비록 마지막 밤이 되어도, 그걸 드러낼 필요는 없을 것이다. 왜냐하면 그것이 또다른 이야기, 그들의 이별이라는 이야기의 시작일 테니까.

그는 그녀가 말하는 것을 잘 이해하지 못한다. 그에게는 내일이 없는, 아주 짧기만 한 이야기들 말고는 없었던 것이다. 파란 눈 검은 머리의 젊은 외국인과의 사연이 가장 긴 이야기인 셈이지만, 시간이 지나면 지날수록, 그런 사정에는 그 이야기를 간직하고 있는 그녀가 있는 것이다. 그녀는 생각한다, 그가 틀렸다고, 이야기란 체험됨을 깨닫지도 못하는 사이 체험되는 것이라고. 그들은 이미 세상 끝에 서 있는 거라고, 거기, 가지가지 운명이 지워지고 그 운명들이 더이상 개인적인 것으로도 또 심지어는 어떤 인간적인 것같이도 느껴지지 않는 곳에. 공동체적인 사랑들, 그녀가 말한다. 그런 건 음식이나 세계가 획일화되면서 생겨난 거겠지.

그들은 웃는다. 서로 웃는 것을 보는 것이 그들을 행복해서 미칠 지경으로 만든다.

그녀가 그에게 부탁한다, 혹시라도, 언젠가 그가 그녀를 사랑하게 되고 또 그걸 알게 되면, 자기한테 미리 알려달라고.
웃은 다음, 그들은 여느 날처럼 같이 운다.

그녀가 떠날 때, 햇빛이 밀려들어 방안 가득 터져오른다.
그녀가 문을 닫으면, 방은 암흑 속으로 휘우듬히 기울고, 그는
벌써 밤을 기다리는 처지에 놓인다.

그날 밤 그녀는 평소보다 더 늦게 도착한다.

그녀가 말한다, 날씨가 춥다고, 도시가 황량하다고, 하늘은
맑고, 폭풍우에 씻겨 파랑에 가깝다고. 그녀는 그녀가 왜 늦었
는지는 말하지 않는다. 그들은 오래도록 말없이 있다, 서로가
서로에게 가까이 누워 있다. 그녀는, 다시 벽 바로 아래로. 그
리고 그녀를 다시 관심이 집중되는 중앙으로, 극장 조명이 드
리운 곳으로 데려가는 그.

그녀는 검은 실크천을 걷어냈다.

그녀가 다른 남자 얘기를 꺼낸다. 그녀가 말한다:

—오늘 아침 호텔에서 그와 만났어요, 여기서 나와서요.
어젯밤에 그가 그 호텔에서 잔다는 걸 알고 있었어요. 나한테
그렇게 말해줬거든요. 그가 나를 기다리고 있었어요. 문이 열
려 있었죠. 그가 방 안쪽에 서 있었어요, 눈을 감고, 나를 기다
리고 있었어. 그 사람한테 간 건 나였어요.

그가 노란 불빛이 비추는 중앙을 떠난다, 그는 그녀로부터 멀리, 벽 쪽으로 간다. 그는 그녀를 보지 않으려고 줄곧 눈을 내리깔고 있다. 그들 두 사람 모두, 보다 철저한 무관심을 본능적으로 가장하면서 서로가 서로에게 어떤 시선도 주지 않고 있다. 그는 기다린다, 그녀가 말을 잇는다:

─당신과 나 사이에 뭔가 일이 있었느냐고 그가 물었어요. 나는 아니라고, 당신에 대한 내 욕망은 계속해서 커져가지만 당신은 그런 욕망에 대한 생각만으로도 지독한 혐오를 느끼는 까닭에 내가 당신에게 그런 걸 말로 하지는 않는다고 했어요. 갑자기 그의 손이 나를 움켜쥐었어요. 나는 그가 하고 싶은 대로 하게 내버려뒀어요.

그녀가 말한다, 남자가 소리를 질렀다고, 그가 정신을 놔버렸다고, 몸을 만지는 그의 손이 너무 난폭해졌다고. 흥분으로 숨이 끊어지고 아득해질 정도였다고.

그녀가 입을 다문다. 그가 말한다:

─갈게요.

그녀는 대답하지 않는다. 그녀는 불빛 아래 자기가 잠들던 자리로 돌아갔다. 그녀는 검은 실크천을 얼굴에 다시 드리웠다. 그녀는 미안해하지 않았다.

그는 벽면에 붙어 가만히 있다. 그는 움직이지 않는다. 그는 다가가지 않는다. 그녀는 이렇게 생각하는 것이 틀림없다: 난 아예 쫓겨나서 영영 떠나게 될 거야. 그가 그녀에게 말한다, 하얀 시트를 뒤집어쓰라고, 보고 싶지 않다고. 그는 그녀가 그걸 뒤집어쓰는 모습을 지켜본다. 그녀는 그를 보고 있지 않았다는 듯이 군다. 그가 그녀에게 그를 봐달라고 한다. 그녀가 본다.

그녀는 검은 실크천 너머로 방을 바라본다, 어디에도 시선을 두지 않고, 공기를, 바람을 바라보듯이. 그녀가 다른 남자 이야기를 꺼낸다. 그녀가 말한다, 그녀가 처음으로 그 남자를 본 건 해변에서였다고, 그녀가 왔고, 그들이 서로를 마주했던 그 첫날 저녁의 일, 그뿐이라고. 그러고 나서 그녀는 집 근처에서 그를 다시 봤다고. 그녀가 말한다, 딱히 안면이 없어도 그쪽을 지나다니는 사람들은 서로를 알아본다고. 애초에 그는 그녀를 보러 왔었다. 그러던 어느 날 저녁 그가 그녀에게 말을 걸어왔다.

그는 그녀가 해변을 거쳐 오는 줄은 몰랐다. 그녀가 늘 그런 것은 아니라고 말한다. 그녀는 주로 큰길 뒤쪽에 있는 골목으로 다니지만 그래도 올 때는 해변 쪽으로 해서 돌아오곤 한

다. 그녀가 말한다: 해변이 보여서요. 그녀가 말한다:

—오늘 저녁은, 그쪽을 지나가는 사람이 거의 없어요. 아마 차가워진 바람도 그렇지만 여러 사건 때문에—그녀는 그게 어떤 것인지는 말하지 않는다. 그들은 웃는다.

이런 날씨, 춥고, 바람이 불 때가 되면 돌무더기가 있는 쪽에서 무슨 일이 벌어지는지 그녀는 알고 있을까? 안다. 그녀는 시내를 나서면서부터 그걸 알고 있다. 그녀가 이런 이야길 들려준다: 해안가 저편에서 밤에 무슨 일이 벌어지고 있었는지 알기 전까지, 그녀는 아무것도 모르는 것이나 다름없었죠. 거기서, 거의 매일 밤마다 벌어지던 일, 그것이 언젠가 그녀가 글을 쓰게 만든 것이었어요. 그렇게 알게 된 것이 그녀가 쓰게 될 여러 책을 읽고 선명하게 떠오르지 않더라도, 그걸 통해서야 비로소 그 책들이 의미하는 바가 생길 거고 또 그렇게 읽혀야만 할 거예요.

어릴 적 그녀는 그쪽으로의 통행을 두고 하는 얘기를 들었다. 같은 반 여자애들이 돌무더기가 있는 곳에 대해, 그리고 밤마다 그곳으로 가는 사람들에 대해 말하곤 했다. 몇몇 애들은 남자와 살을 맞대려고 그곳에 갔었다. 상당수는 겁이 나서, 차마 그러지는 못했다. 그곳에 갔던 여자애들은, 일단 거기서 돌아오고 나면, 거길 알지 못하는 애들과 더이상 결코 같은 여자일 수 없었다. 그녀 또한 그곳에 갔었다. 어느 밤, 열세 살이 었다. 누구 하나 상대에게 말을 걸지 않았고, 모든 것은 침묵 속에서 이루어졌다. 돌더미 반대쪽에는 탈의실이 여럿 있었다. 그들은 탈의실과 탈의실 사이 벽면에 등을 기대고 있었다, 서로 상대를 마주본 채. 아주 느렸다. 그는 우선 손가락을 집 어넣었고 그다음엔 그의 성기였다. 욕정으로 격앙된 그는 신 을 말했다. 그녀는 몸부림치며 저항했다. 그는 양팔로 그녀를 붙잡았다. 그는 그녀에게 겁낼 것 없다고 말했다. 이튿날, 그 녀는 그쪽에서 만남을 갖는 사람들에게 다녀온 일을 엄마에 게 말하려 했었다. 하지만 저녁을 먹는 동안 그녀는 저 여자가 자기 아이에 관한 일을 미처 알지 못할 리 없다는 생각이 들었 다. 엄마가 그 장소의 존재를 알고 있다는 사실을 아이가 그때 까지 몰랐던 것은 아니다. 사실 그녀는 그곳에 대한 얘기를 해 주곤 했고, 일단 밤이 되면 해안가 저편에 가는 일은 삼가야 한다고 말한 적도 있었다. 그날 저녁 전까지 아이가 알지 못했 던 것, 그것은 이 여자 또한 다른 쪽 사면에 이르는 그 적도를 넘어선 적이 있었느냐는 것이었다. 자신의 아이를 바라보는 엄마의 시선에서, 그날 저녁, 두 사람 사이에 놓인 그 침묵에 서, 고백할 수 없는 공모의 시선을 가로지르는 그 감춰진 웃음 에서, 그녀는 그것을 깨달았다. 밤의 그곳에서 일어난 일에 관한 한 그녀들은 같은 부류였던 것이다.

매일 밤 그녀는 그녀의 몸을 방안에 데려다놓는다, 그녀는 옷을 벗는다, 그녀는 노란 불빛 한가운데에 몸을 둔다. 얼굴을 검은 실크천으로 덮는다.

그녀가 잠이 들었다고 여겨질 때쯤 그는 다른 남자가 그 몸에 무엇을 했는지 바라본다: 종종 있는 상처들, 그러나 아주 희미하고, 고의적이지 않은 것들. 그날은, 남자의 향수냄새가 아주 짙다, 그것은 땀냄새, 담배냄새, 화장품냄새와 뒤엉겨 달려져버렸다. 그가 검은 실크천을 들어올린다. 얼굴이 수척하다.

그가 감긴 눈에 키스한다. 그는 검은 실크천을 다시 내려놓지 않는다.

그녀가 그를 향해 돌아눕는다, 마치 금방이라도 그를 바라볼 것 같지만 아니다, 그녀는 눈을 뜨지 않는다, 그녀는 다시 돌아눕는다.

밤중, 해가 뜨기까지는 아직 먼 시간, 해변으로 사람들이 지나다니는 동안, 그녀는 며칠 밤 전부터 그에게 묻고 싶었던 질문을 하나 한다.

—방에서 보낸 시간에 대해 돈을 지불한다는 건 못 쓰게

된 시간에 대해 값을 치른다는 뜻인가요? 한 여자 때문에 못 쓰게 되어버린 시간에?

처음엔 그가 기억을 잘 하지 못한다, 그러다가 그는 생각해 낸다.

—남자에게도 못 쓰게 되어버린 시간에요, 남자에게는 더 이상 아무런 소용이 없는 시간에.

그녀는 그가 뭘 말하고 있는 것인지 묻는다. 그가 말한다:

—당신과 마찬가지죠, 우리 이야기를, 이 방을. 그가 말한 다: 방은 더이상 아무 쓸모가 없어요, 방안의 모든 것은 움직 이지 않아.

그는 잘못 생각하는 것이 틀림없다. 그는 분명 단 한 번도, 고민해본 일조차 없었을 것이다, 이것이 어딘가 쓸모가 있을 수도 있을지. 과연 이게 어디에 쓸모가 있었을까? 그녀가 말 한다:

—당신이 말했죠, 방은 여기, 당신 곁에 머물 수밖에 없게 하려는 것이라고.

그가 말한다, 몸 파는 남자애들에 대해서라면 맞지만 여기 서는 그런 경우에 해당하는 건 아니었다고.

그는 더이상 납득하려 애쓰지 않는다. 그녀도 더는 애쓰지 않는다. 그녀가 말한다:

―또 일단 정해진 기간이 지나면 그들이 떠날 수밖에 없도록, 당신을 방치할 수밖에 없도록 하기 위해서였죠.

　―그럴지도 모르죠. 내가 잘못 생각했어요, 나는 아무것도 바라지 않았는데.

　그녀가 그를 오래도록 바라본다, 그러고는 시선으로 그녀는 그를 붙잡는다, 통증을 느낄 때까지 그를 그녀 안에 가두어둔다. 그는 이런 일이 그에게 벌어지고 있다는 것을 안다. 그리고 그것이 그가 상관할 일이 아니라는 것도. 그녀가 말한다:

　―아마 당신 뭘 원했던 적이 단 한 번도 없었을 거야.

　그는 갑자기 흥미가 생긴다. 그가 묻는다:

　―그렇게 생각하나요.

　―그렇게 생각해요, 전혀 없었겠지.

　그는 자신에 대해서든 남에 대해서든 그걸 말하는 사람이 누구인지 알아차리지도 못하고, 질문이라면 그것이 어디서 나온 것이든, 자기한테서 비롯한 것이라 해도 마찬가지로 그 질문에 답하는 사람이 누구인지 알아차리지 못하는 그런 부류의 사람이다.

　―그럴 수도 있어요. 전혀, 아무것도.

　그는 기다린다, 생각에 잠긴다, 그가 말한다: 아마 그게 문제일지도 모르겠네요, 내가 아예 아무것도 바라지 않는다는 뭐 그런 거, 정말 아무것도.

갑자기 그녀가 웃는다.

—당신만 좋다면 우리 같이 떠날 수 있을 거예요. 나도 그
래요. 아무것도 바라지 않아.

그도 그녀처럼 웃는다. 그러나 모종의 불안과 두려움이 스
민 그 웃음은 마치 어떤 위험이나, 혹은 어떤 행운이긴 하지만
그가 원한 적은 없고 그렇다고 그걸 모면할 수도 없었을 그런
행운에서 막 벗어난 사람이 지을 법한 미소였다.

뒤따르는 침묵 속에서 불쑥 그녀가 그에게 그런 말을 한다.
그녀가 말한다, 그가 자신의 연인이라고: 당신은 나의 연인이
에요, 당신이 말했다시피 당신은 아무것도 바라지 않는다는
그런 이유로.

그가 갑자기 한쪽 손으로 얼굴을 막는 제스처를 취한다. 곧
손은 제자리로 떨어진다. 이내 각자 시선을 떨군다. 그들은 서
로를 바라보지 않는다, 아마도 그저 바닥이나, 시트의 하얀빛
을. 그들은 그들의 눈이 서로를 바라보고 있을까 두렵다. 그들
은 더이상 움직이지 않는다. 그들은 그들의 눈에 서로의 눈이
보일까 무섭다.

그녀는 듣는다, 그건 돌무더기가 있는 곳에서 그리고 방 앞

에 있는 해변에서 들려온다. 생소한 침묵이 일었다. 그들은 좀 전에 열 명쯤 되는 남자들이 벽 옆을 지나갔음을 떠올린다. 그런데 갑자기 호각소리가 여기저기서 터져나오고, 고함소리, 뛰어다니는 소리가 들려온다. 그가 말한다: 경찰이네요, 개도 몇 마리 있고.

이 말이 나오는 동안, 남자 쪽 시선이 그녀를 스친다. 그들의 눈은 아주 짧은 시간, 가령 방에 해가 들이칠 때 유리창에 반사된 빛이 번뜩이는 찰나와 같은 정도의 시간 동안 서로를 바라본다. 그러한 시선의 격발로 말미암아 그들의 눈이 서로의 눈을 태웠다. 눈은 서로를 피해 달아나 감긴다. 마음속 법석임이 누그러진다. 그것은 침묵을 향해 간다.

그녀가 얼굴을 돌렸다, 그녀는 얼굴에 검은 실크천을 다시 덮었다. 그는 그녀가 그렇게 하는 것을 바라본다. 그가 말한다:

—당신 그 남자랑 느낀 쾌락을 가지고 거짓말했어.

그녀는 대답하지 않는다. 거짓말을 했던 것이다.

그가 소리친다, 그가 묻는다, 그 남자랑 해서 느낀 쾌락은 어땠냐고.

그녀는 잠에서 깼지만 여전히 눈을 감고 있다. 그녀는 같은 말을 되풀이한다:

—숨이 끊어지고 아득해질 정도였죠.

그는 더이상 움직이지 않는다. 그의 호흡이 멎는다. 그는 죽음을 맞이하기 위해 눈을 감았다. 그녀가 그를 바라본다. 그녀가 운다. 그녀가 말한다:

—숨막히게 달아오르는 흥분이었어.

호흡이 돌아온다. 그는 아무 말도 하지 않는다, 계속 쭉. 그녀가 말한다:

—너랑 할 때처럼.

그가 흐느낀다. 그는 자기 스스로 흥분을 끌어낸다. 그의 요청에 그녀는 그가 하는 것을 본다. 그는 한 남자를 부른다, 그는 그에게 와달라고 말한다. 그의 곁에, 그의 눈을 떠올리는 것만으로도 절정에 도달하려는 바로 이 순간에 와달라고. 그처럼 그녀도 그 남자를 부른다, 그녀가 그에게 와달라고 말한다. 그녀는 남자의 얼굴이 있는 쪽으로 자세를 취한다. 그의 입, 그의 눈과 아주 가까이, 어느새 그가 소리치며, 부르짖으며 내뱉는 숨결이 느껴질 정도로, 그러나 그를 털끝 하나 건드리지 않으면서, 마치 그녀가 그렇게 하는 것만으로 그를 죽일 수도 있었다는 듯이.

어느 날 밤, 그는 깨닫는다, 그녀가 검은 실크천 너머로 바라보고 있음을. 눈을 감은 채 그녀가 바라보고 있음을. 시선 없이 그녀가 바라보고 있음을. 그가 그녀를 깨운다. 그가 그녀에게 말한다, 그는 그녀의 눈이 두렵다고. 그녀는 말한다, 그가 두려워하는 것은 검은 실크천이지, 그녀의 눈이 아니라고. 그리고 그 너머에서 그는 다른 무언가를 더 두려워하는 거라고. 모든 것을. 아마 그걸.

그녀는 그에게서 돌아눕는다, 그녀는 바다와 마주한 벽으로 몸을 돌린다.

—그건 돌 너머로부터 들려오는 이 소리 같은 거예요. 바닷소리라고들 하지만, 사실 이건 우리의 핏소리죠.

그녀가 말한다: 가끔은 내가 검은 스카프 너머로 당신을 바라보는 것도 사실이지만, 당신이 말한 건 그게 아니잖아요. 당신이 말하려는 건, 내 생각에 그건, 내가 그걸 언제 하는지 당신이 모르겠다는 거죠, 내 얼굴이, 실크천과 죽음 사이에서, 뭔가 불분명한 것이 되어버렸으니까. 당신이 얼굴을 알아보기 시작하자 곧 그 얼굴이 당신 시선에서 사라지기 시작했으니까.

그녀가 말한다: 내가 당신을 보는 건 당신이 내가 그걸 하는 걸 두려워할 때처럼 당신 얼굴 쪽으로 내가 눈을 뜨고 있을 때가 아니라, 내가 자고 있을 때예요.

그녀가 웃는다. 그녀는 그에게 키스하고 웃는다.

그가 말한다:

—밤에 당신 꿈에서 보인다는 게 그가 아니군요.

웃음이 멈춘다. 그녀가 마치 그녀는 다시금 그를 잊어버렸다는 듯 그를 바라본다. 그녀가 말한다:

—맞아요. 아직은 그가 아니죠. 아직은 확실하게 누구라고 할 만한 사람이 아니에요. 꿈속에 다시 나타나기까지는 오래 걸리는 법이니까요, 중요한 것들은.

그녀가 그에게 묻는다, 그가 보내는 밤들은 사정이 어떻냐고. 그가 말한다, 늘 똑같다고, 그 애인을 찾아 지구 전체를 샅샅이 뒤지고 다닌다고.. 하지만, 그녀에게도 그렇듯이, 밤엔, 그가 아직 나타나지 않아요. 그는 그녀에게 그녀가 잊기 시작했는지 묻는다. 그녀가 말한다:

—얼굴 윤곽은 아마 그럴지도 모르지만, 눈이나 목소리나 몸은 아니에요.

그럼 그는, 그는 잊기 시작했나요?

아니요. 그가 말한다: 그 문제는 당신이 떠날 때까지 여기 남아 있을 고정된 이미지의 문제인 거죠.

그녀는 노란 불빛이 자아내는 황금빛 속에 누워 있다,
배우가 말한다, 바른 자세로, 그녀의 몸밖으로 솟아 있는
젖가슴, 아름답다, 맑은 대리석 빛을 띤다.

그녀가 말을 한다면, 배우가 말한다, 그녀가 이렇게 말
한다고 해볼 것이다: 우리 이야기가 극장에서 상연된다
면, 갑자기 한 배우가, 에워 흐르는, 빛의 가장자리에서
올 거예요. 당신에게 그리고 당신 옆에 있는 나에게 아주
가까이. 그러나 그는 오로지 당신만을 바라볼 거예요. 그
리고 오로지 당신에게만 말을 할 거예요. 그는 당신이 말
을 해야 했을 때 당신이 그랬을 것처럼 말할 거예요, 느
리고 덤덤하게, 말하자면 문학을 읽는 것처럼요. 그러나
무대 위에 있는 여자의 존재를 모르는 척하는 데 신경써
야만 한다는 사실 때문에 계속해서 방해받기 마련인 그
런 문학을요.

폭풍우는 바람과 더불어 잠잠해졌다. 바다는 멀다, 사람들이 오가기 시작했다. 오늘 저녁에는 말 타는 사람이 몇 있다.

그녀가 이곳에 있은 뒤로, 매일 밤 그는 방을 나간다, 그는 테라스로 간다, 그는 바라본다. 때로 그는 해변으로 내려가곤 한다.

사람들의 왕래가 없어질 때까지 그는 그곳에 있다.

그가 돌아오면, 그녀는 자지 않고 있다. 그는 소식을 전한다. 바람은 잦아들고 오늘 저녁에는 말을 탄 사람들 몇몇이 해안가를 따라 지나갔어요. 그녀는 말 탄 사람들을 알고 있다. 그녀는 그들보다 일렬로 죽 늘어선 남자들이 더 좋다, 그들은 그들의 운명이 그렇듯 그렇게 해야만 하는 불가피한 이유가 있어서 그곳에 간다. 말을 탄 이들은 그쪽에서 만남을 가지는 이들과는 섞이지 않는다.

그들은 울기 시작한다. 그들 몸에서 오열이 쏟아져나온다. 술을 마신 것 같다. 그녀는 거의 피부가 닿을 정도로, 그와 가까이 있다. 그들은 그들이 지금껏 알지 못했던 행복 안에 있다. 정적에 이른 폭풍우 앞에 함께 있다는 행복. 그리고 이렇게 잘 울 수 있어 웃는다는 그런 행복. 그는 그처럼 그가 우는 것처럼 그녀가 울면 좋겠다. 그는 이유도 모른 채 그들의 몸에서 오열이 쏟아져나오면 좋겠다. 그가 그녀에게 그렇게 해달라고 하면서 운다. 그는 술을 마신 것 같다. 이번에는 그녀가 운다, 그리고 그녀는 그가 해달라는 대로 그와 함께 웃는다. 그는 지금까지 그의 삶에서 이 정도까지 제대로 울어본 적이 없음을 깨닫는다. 이게 가능하려면 그들이 만날 필요가 있었던 것이다.

그녀가 말한다, 그가 눈물에 대해 말한 만큼 이제 그들은 더이상 서로가 서로에게 모르는 사람이지 않다고. 그녀가 눕는다.

그들은 마치 사랑을 나누듯 운다. 그가 말한다, 그게 이 방 안에 그녀가 있다는 사실을 견디게끔 그를 도와준다고, 그 생각이라고, 시내의 남자를 기다리는 여자라는 그런 생각.

공연이 진행되는 동안, 배우가 말할 것이다, 한번은, 불빛이 서서히 약해지고 낭독이 중단된다고 해볼 것이다.

배우들이 무대 중앙을 벗어나겠지만 그들은 무대 안쪽에서 다시 제 위치를 찾는다고 해볼 것이다, 탁자, 의자,

안락의자, 꽃, 담배, 물병 들이 있을 그곳에서. 처음에 그들은 거기 그대로 있을 것이다, 아무것도 하지 않으면서. 그들은 눈을 감을 것이다, 안락의자 등받이에 머리를 젖혀 기댄 채, 아니면 그들은 담배를 피우거나, 심호흡을 하거나, 물을 한 잔 마실 것이다.

두 주인공은 옷으로 몸을 다시 덮은 뒤, 배우들과 마찬가지로 미동도 없이 조용히 있을 것이다.

아주 빠르게 완전한 정지가 그들을, 파래진 무대를 엄습할 것이다―어슴푸레한 빛 속을 퍼져나가는 담배 연기의 그 젖빛 파랑을. 이것이 휴지일 것이다. 침묵으로의 침잠을 통해 힘을 되찾는 일일 것이다. 이야기의 낭독이 중단되었다고 하더라도 그것이 여전히 들리는 것처럼 느껴져야 할 것이다. 이러한 침묵의 규모를 통해, 지금까지 막 수행되어온 낭독이 이야기의 발화에도 그것의 청취에도 미치는 효과를 가늠해야 할 것이다.

오 분 동안 무대는 잠 속에 굳은 모습 그대로일 것이다. 잠든 사람들이 그곳을 차지하고 자리를 잡을 것이다. 그러고는 그 잠 자체가 공연이 될 것이다. 음악이 들려올 것이다, 클래식일 텐데, 공연이 시작되기 전이나 훨씬 더 전에, 살아오면서 이미 그것을 들었을 것인 까닭에 누구나 기억해낼 것이다. 음악은 멀리 있을 것이다. 그것은 침묵을 방해하지 않고, 오히려 그 반대일 것이다.

다시 불이 들어오고, 음악이 끝나면서부터 연극은 재개될 것이다. 배우들이 마지막으로 우리에게 돌아올 것이다. 그들이 그렇게 하기까지 더딜 것이다.

테라스 위. 춥지 않다.

하늘은 두꺼운 안개에 덮여 있다. 그것은 모래보다도, 바다보다도 더 밝다. 바다는 아직 어둠 속에 있다. 물은 아주 가깝다. 바다가 모래를 핥는다, 삼킨다, 그것은 평온하다, 강물처럼.

그는 그것이 오는 것을 보지 못했다.

크루즈 요트다, 하얀색. 갑판은 불빛으로 환하고 사람은 없다. 바다는 아주 잠잠하다. 돛은 접혀 있다. 저속으로 회전하는 엔진음은 매우 포근하다, 가벼운 잠결을 스치듯. 그는 해변으로 나아간다. 그는 배 앞까지 간다. 그는 한눈에 그것을 알아보았다. 어둠 속에서 솟아난 것처럼, 배가 코앞에 있을 때가 되어서야 비로소 그는 그것이 보였다.

해변에는 그를 제외한 다른 사람은 아무도 없다. 다른 어느 누구도 배를 보지 않는다.

배는 선체를 돌려 그의 몸을 타고 흘러간다, 그것은 어딘가 무한한 어루만짐, 작별인사 같다. 배가 수로로 다시 접어들기까지 시간이 길다. 그는 눈으로 더 잘 쫓아가기 위해 테라스로 돌아간다. 그는 그 배가 거기서 뭘 하고 있는지 궁금해하지 않는다. 배가 가버린 뒤에도, 그는 여전히 그곳에 남아 애도의 눈물을 흘린다.

파란 눈 검은 머리의 젊은 외국인은 영원히 떠났다.

그가 방으로 돌아오는 것은 한참 뒤의 일이다. 그는 갑자기 어디로도 아예 돌아가지 않았으면 싶다. 그는 집 바깥의 벽에 몸을 기댄 채, 돌을 붙잡고만 있다, 더는 아예 어디로도 돌아가지 않는 것이 가능하다고 생각될 만큼. 그는 돌아간다.

문을 지나자마자, 다른 남자의 그 향기.

그녀가 저기 있다, 그녀만의 암흑 속에, 그 냄새에 잠긴 채, 그 남자 때문에 다른 연인들을 박탈당한 여자.

그는 그녀 곁에 눕는다, 갑자기 노곤함에 지친 몸으로, 그러더니 꼼짝하지 않는다. 그녀는 자지 않고 있었다. 그녀가 그의 손을 잡는다. 그녀는 그를 기다렸음이, 희미하긴 하지만,

벌써 고통을 겪었음이 틀림없다, 그녀가 손을 붙잡아 간직한다. 그는 그녀에게 손을 맡긴다. 며칠 전부터 그의 손은 그녀가 잡는 일이 있어도 빠져나가지 않는다. 그녀가 말한다, 그녀는 그가 테라스에 있다고, 일전의 밤처럼 그가 집에서 멀리 떠나 있던 것은 아닐 거라고 생각했다고. 그녀가 말한다, 오늘밤 그녀는 그를 찾지 않았을 것이고, 그를 그냥 떠나게 내버려두었을 것이며, 마찬가지로 그냥 그렇게 죽게 내버려두었을 것이라고, 그녀는 왜 그런지는 말하지 않는다. 그는 그녀가 말하는 것을 이해하려 애쓰지 않는다, 그는 대답하지 않는다. 그는 오래도록 깨어 있다. 그녀는 그가 방안을 서성이는 것을 본다, 그는 달아나려고, 죽으려고 한다. 그는 그녀를 잊어버렸다. 그녀는 그것을 안다. 그녀가 방을 떠날 때, 그는 맨바닥에 그대로 잠들어 있었다.

그녀가 말을 한다면, 배우가 말한다, 그녀는 이렇게 말한다고 해볼 것이다: 우리 이야기가 극장에서 상연된다면, 한 배우가 무대 끝으로, 빛의 에움이 희미해지는 가장자리로 갈 거예요, 당신과도 나와도 아주 가까이서, 그는 흰옷을 입고 있을 거예요. 그는 자기 스스로에게 지나칠 정도로 높은 관심을 보이면서, 자기 자신을 향하듯 객석을 향해 온 신경을 쏟아 아주 엄청난 집중에 빠져 있을 거예요. 그는 이야기의 남자로서 등장하게 될 거예요, 남자, 그러니까 말하자면, 자기의 중심을 이루는 존재의 부재, 자신의 돌이킬 수 없는 외재성 안에 있는 사람. 그는 바라볼 거예요, 당신에게도 그런 경향이 있는 것처럼, 벽 바깥을, 마치 그것이 가능하기라도 하다는 듯이, 배신이 있는 쪽을.

그는 테라스에 있다. 희미하게 날이 밝아온다.

바닷가에는, 그쪽을 오가는 움직임들.

그는 그녀에게 하얀 배에 대한 말을 하지 않았다.

그쪽을 왕래하는 사람들이 날카로운 목소리로 짧은 말 몇 마디를 외친다. 이 말들은 몇몇 사람에 의해 반복되고 이내 그친다. 아마도 주의를 주려는 말, 조심하라는 전달 같은 것들. 경찰이 순찰을 도는 것이다.

고함 이후엔 밤의 웅성임만이 남는다.

그는 방으로 돌아온다. 그녀가 거기, 벽들이 이룬 두께 너머에 있었다. 그는 바다에서 돌아올 때마다 매번 그녀의 존재를 거의 잊곤 한다.

저 멀리서 잠결에 그녀는 문이 열리는 소리를, 웅성임이 몰려드는 소리를 분명 들었을 것이다. 지금 그녀는 아주 살그머니 문이 닫히고 이내 누군가 걷는 소리를, 바닥에 닿는 발소리를 분명 듣고 있을 것이며, 또한 누군가 벽과 나란히 앉는다는 것을, 그런 기색을 알아차린 것이 틀림없다. 희미하게나마 남아 있는 것은 애써 숨죽여 움직인 뒤에 이어지는 옅은 숨소리. 그 뒤로는 벽에 부딪혀 수그러든 여전한 저 밤의 웅성임 말고는 아무것도 없다.

아마 그녀는 자지 않는 것 같다. 그는 그녀를 깨울 생각이 없다, 그는 자제하고 있다, 그는 그녀를 바라본다. 얼굴은 안식처에, 검은 실크천 아래에 있다. 벌거벗은 몸만이 덩그러니 노란 불빛 안에 있다, 수난을 입으며.

때로, 이 시각 무렵, 날이 밝아옴과 더불어 불행이 닥친다. 그는 노란 불빛 아래서 그녀를 알아보고 가짜 잠을 자고 있는 몸을 때리고 싶어진다, 복종하지 않으려면, 돈을 훔치려면 어떻게 처신하면 좋을지 생각하고 있는 몸을.

그는 그녀에게 다가간다. 그는 그로 하여금 그녀를 죽이게 만들 문장이 있는 곳을 바라본다. 그곳, 목 아래, 심장으로 이어지는 핏줄 얼기 속.

그 문장은 배와 관련된 것일 테고, 그 의미가 무엇이 되었든 그것은 죽음을 부르는 것이리라.

그는 그녀 곁에 눕는다. 검은 실크천이 어깨 위로 흘러내렸다. 눈이 떠지고, 눈이 다시 감긴다, 그녀가 다시 잠든다. 눈이 떠진다, 아무것도 보이지 않는 눈이, 오랜 시간을, 하지만 다른 이유라곤 없이, 그저 또다시 감겨 죽음으로의 여정을 재개하기 위해.

그후, 밤이 끝나가도록, 눈은 계속 떠져 있었다.

그녀는 그가 그녀를 죽이기 위해 기다리고 있는 문장을 말하지 않는다. 그녀가 일어난다, 그녀는 듣는다. 그녀가 묻는다: 들리는 저건, 무슨 소리죠?

그가 말한다, 그건 서로 부딪치는 바닷소리와 바람소리라고, 그건 이제껏 단 한 번도 들린 적 없었던 인간 만사의 가지가지 울림, 웃음과, 외침과, 호소의 울림이라고, 아무것도 알려지지 않았던 때, 그 울림은 시간의 한쪽 끝에서 다른 끝으로 내던져졌을 것이고 또, 오늘밤은, 거기, 이 방 앞에 있는 해변에 닿을 것이라고.

이 얘기가 그녀의 관심을 끌지는 않는다. 그녀는 다시 잠에 빠진다.

그녀는 분명 배를 보지 못했다. 그녀는 뱃소리를 듣지 못했다. 배가 지나갈 때 그녀는 그저 자고 있었기 때문에 그녀는 배에 대해서는 아무것도 모른다. 그토록 대책 없는 무구함이 그로 하여금 그녀의 손을 잡고 그 손에 입맞추게 한다.

그녀는 자신이 배에 관해서 알지 못하는 사람이 되었음을 모른다. 그렇지만, 벌써, 그녀는 그들의 삶 속에 그런 식으로 배가 끼어든 것에 대해 뭔가 낌새를 차리고 있다. 예컨대, 그가 자신의 손에 입을 맞출 때 그녀는 그 손을 바라보지 않는 것이다.

오늘밤, 그녀는 도착하자마자 잠들 것이다.

그는 그녀의 잠을 흐트러뜨리지 않을 것이다. 그는 그렇게 내버려둘 것이다. 그는 그녀가 시내의 그 남자를 다시 한번 만났는지 그녀에게 묻지 않을 것이다. 그는 그녀가 그를 다시 만났음을 알고 있다. 늘 어떤 증거들로, 군데군데 그녀의 가슴에, 그녀의 팔뚝에 새로 생긴 멍으로, 그는 그것을 알고 있다, 삭아버린 그녀의 얼굴과, 꿈 없는 그녀의 잠, 그녀의 핏기 없는 얼굴로. 밤이 끝나가도록 끝내 극복하기 힘든 그 피로와,

그 비탄으로, 세상 모든 것을 이미 다 봐버렸다는 눈빛을 자아내는 그런 육욕적인 슬픔으로.

그는 문을 열어둔 채로 내버려두었다. 그녀는 자고 있었고, 그는 떠났다, 그는 도시를, 해변을, 돌더미 옆 요트 선착장을 통과해 지나갔다.

그는 한밤중에 돌아온다.

그녀가 거기 있다, 벽에 붙어, 몸을 바로 세우고, 그녀는 노란 불빛으로부터 멀리 떨어져 있다. 나가려는 차림을 하고서. 그녀가 운다. 그녀는 우는 것을 멈출 수가 없다. 그녀가 말한다: 시내에서 당신을 찾아다녔어요.

그녀는 겁이 났다. 그녀에게 죽어 있는 그의 모습이 보였던 것이다. 그녀는 다시는 방에 오고 싶지가 않다.

그가 그녀 곁으로 간다, 그는 기다린다. 그는 그녀가 울게 내버려둔다. 마치 자기가 그 울음의 이유가 아니라는 듯이.

그녀가 말한다: 그런 괴로움에 대해서조차, 당신을 죽게 만든다고 말한 그런 식의 사랑에 대해서조차, 당신은 아무것도 몰라. 그녀가 말한다: 당신에 대해 안다는 것, 그건 아는 게 아예 아무것도 없다는 것이나 다름없어요. 자기 자신에 대해서조차, 당신은 아무것도 모르죠, 심지어 자기가 졸린 건지 혹

은 자기가 추운 건지 그런 것도.

그가 말한다: 그래요, 나는 아무것도 몰라요.

그녀가 거듭 말한다: 당신은 몰라. 당신이 말하는 안다는 것, 그건 시내로 나가서는 그저 늘 돌아오게 되리라고 생각하는 거나 다름없어요. 죽은 사람들을 만드는 거야, 그러고는 잊어버리겠지.

그가 말한다: 죽은 사람들에 대해서라면 맞는 말이에요.

그가 말한다: 지금 난 방안에 있는 당신을 참아주고 있어요, 당신이 소리칠 때도요.

그들은 거기 그대로 있다, 입을 다문 채, 긴 시간을, 날이 밝아오고 또, 그와 더불어 냉기가 파고들어도. 그들은 하얀 시트로 몸을 덮는다.

그녀가 그에게 말한다, 그 다른 남자도 그녀에게 방에 대해 묻곤 한다고. 그녀가 말한다: 나는요, 대답 대신에, 나도 그 사람한테 똑같이 해요, 나는 그에게 물어봐요, 어째서 당신은 당신 자신에 대해서 그렇게 아는 게 없는지. 당신은 어떻게 그렇게까지 당신이 하는 게 뭔지도 모르는지, 당신이 그러는 이유가 도대체 뭔지. 당신은 왜 나를 이 방에 들여놨는지. 왜 당신은 생각만으로도 그렇게 두려워하면서 나를 죽이고 싶어하는 건지. 그는 내게 말했어요, 그런 건 아무것도 아니라고, 다른 사람들도 다 어느 정도는 당신이랑 마찬가지라고. 단 하나 중요한 건 오로지, 당신과 마주한 나인 거라고.

그녀는 그에게 말했었다. 그녀 역시 그런 남자들을 욕망할 수 있다고, 그녀로서는 다른 남자들보다야 그런 남자들에 대한 욕구가 덜하지만, 아마 그런 사랑이란 더 고독하고, 더 순수하며, 다른 욕망이나, 혹은 사람을 만나서 생길 수 있는 여러 잘못으로부터 더 안전할 거라고. 혐오감을 일으키는 존재라는 그런 불행은, 삶의 이러저러한 사정, 그러니까 올여름 그녀가 사로잡혔던 정염과 같은 그런 사정에 있어서는 수긍할 수 있을 만한 것이 되었다고.

분노가 사라졌다. 그녀의 두 손이 얼굴을 향해 들어올려져 얼굴을 어루만진다. 그녀는 평온함의 검은 실크천을 다시 드리웠다. 그녀가 말한다:

—당신이 돌아오지 않았더라면, 난 또다시 그 돌무더기로 가는 사람들과 함께 갔을 거예요. 밤에, 그들과 함께 있으려고, 모르고 가서는, 똑같이 돌아오려고. 그들이 자기네 성기를 어린 여자애의 손에 쥐여주는 것을 보려고, 그리고 눈을 감고 울려고.

그녀가 말한다:

—우리를 알려주는 것은 어떤 것도 당신이나 나의 바깥에서는 나올 수 없어요.

—어떤 앎도, 어떤 모름도 없다?

—전혀요. 그런 사람들 있잖아요, 폐쇄적이고, 누구한테도 배울 수가 없는 그런. 우리를 예로 들자면, 우리는 그게 무엇이건 아무것도 배울 수가 없죠, 내가 당신한테든, 당신이 나한테든, 누구한테도, 어느 무엇으로부터도, 이런저런 사건들로부터도. 고집 센 인간들.

그들의 존재에 대한 망각이 수세기에 걸쳐 일어날지라도, 그런 도외시만큼은 바로 이날, 지금 이 순간, 여기 이 차가운 불빛 속에 있는 그대로 존재했을 것이다. 그들은 이것을 깨닫는다, 그들은 그것에 매혹된다.

그리고 또한 천년 후에도, 천년 전 그날이 이날과 같은 날에 존재했을 것임을. 그들이 오늘 말했을 세상천지 다시없을 그런 도외시가 정해진 날로 기록될 것임을. 말없이, 그것을 적기 위한 잉크도 없이, 그것을 읽기 위한 책도 없이, 기록될 것임을. 그들은 똑같이 그것에도 매혹된다.

그녀가 말한다: 그러니까 그렇게 해주는 모든 것이 여기, 방안에 있는 거죠. 그녀는 손바닥을 내보이며 타일이 깔린 바

닥과, 시트와, 불빛과, 몸들을 가리킨다.

그녀는 젊은 기운의, 완고하고 압도적인 잠을 잔다.

그녀는 배가 지나갔다는 사실을 모르는 여자가 되었다.

그는 생각한다: 내 아이처럼.

이따금 그는 얼굴에 드리운 검은 실크천을 걷어낸다. 몸은 움직임조차 거의 없다, 그가 그렇게 한다는 것을 잘 알고 있지만 그렇다고 잠을 떨쳐내지는 못하기에.

얼굴엔, 거의 다 사라져 가뭇가뭇하게 남은 여름날의 주근깨 자국들. 그는 바라본다. 그는 자세히 바라본다, 여느 저녁과 마찬가지로. 때로 그는 눈을 감는다, 이미지를 멀리 두기 위해, 그것을 자기가 아닌 다른 사람들과 함께한 바캉스 사진 속에 응고시키기 위해. 하지만 어쩌면 그의 곁에 있는 그녀의 삶과 그녀를 떨어트리기엔 이미 너무 늦은 것이 아닐까.

방안에 있는 것은 오로지, 하얀 시트의 유려하고 긴 허물뿐. 거기서 떨어진 곳, 바닥에 앉아 있는, 구부린 양팔로 머리를 받친 낯선 여자의 형상. 양팔이 눈을 가리고. 그녀 곁엔 그의 형상, 길게 누운 자세로, 시트에서 멀리 떨어진 곳에, 그녀에게서 멀리 떨어진 곳에. 해가 뜰 때까지 그들은 그렇게 눈물

과, 잠과, 웃음 사이에 그리고 다시 눈물과, 삶과, 죽음 사이에
그대로 있다.

그녀가 말한다: 당신이 가지고 있다는 그 어려움, 그건 내
인생에도 항상 있었어요, 다른 남자들이랑 하면서 느낀 나의
흥분 가장 깊숙한 곳에 새겨진 채로.

그는 그녀에게 그녀가 무슨 말을 하고 있는지 묻는다. 그녀
는 그 불가능에 대해, 그녀가 그에게 불러일으키는 그 혐오감
에 대해 말하고 있다. 그녀가 말한다, 그녀 자신에게서 비롯된
그런 혐오감을, 그걸 그녀도 그와 함께 느낀다고. 그런데 그
건, 아니라고, 그건 혐오감이 아니라고. 아니야, 혐오감은 만
들어진 거야.

그녀, 그녀는 생각한다, 그건 다른 데서 일어났을 법한 일
이나 마찬가지로 이 방안에서 벌어진 일이라고, 그들이 알 수
없는, 그들이 결코 알지 못할 그런 보편적인 사건, 그것은 다
른 일들과의 닮은꼴 때문에 그 면모가 감춰졌을 테지만, 그만
큼 너무나도 비슷한 탓에 누구도, 뚜렷한 확신에 차서, 인간에
게 주어진 보편적인 여건으로서 그 사건의 존재를 따로 분리
시킬 수가 없었던 것이라고.

모든 인간에게? 그가 묻는다.

모두에게. 그녀가 덧붙여 말한다: 당신 말이 맞아요.

그는 방 한가운데 하얀 시트로 웅덩이진 곳에 누웠다. 이번엔 그녀가 그를 바라본다. 그녀가 그를 부른다. 그들은 운다. 바다 위로, 방안으로 정적이 돌아온다. 그녀가 말한다, 그녀는 그 자신 너머의 그를 사랑한다고, 두려워하지 않아도 된다고.

그가 그녀에게 묻는다, 시내의 그 남자를 다시 만났느냐고.
그녀는 그를 다시 만났다.
그는 오후 늦게 문을 여는 그런 바에 가는 남자다, 그런 데는 창이 없고, 문은 잠겨 있다, 들어가려면 노크를 해야만 한다. 이 남자에 대해 그녀가 아는 것은 이런 것이다, 그가 부자임이 틀림없다는 것, 그리고 그 역시 일을 하지 않는다는 것. 그들은 위층에 있는 방으로 간다, 남자들끼리만 있을 수 있게끔 그들에게 마련된 방으로.
가끔은 또 그녀가 그가 빌려둔 호텔방으로 간다. 그녀는 저녁까지 그곳에 머물고 밤이 지나고 나면 다시 그곳으로 돌아간다. 그녀는 그에게 일러준다, 그녀가 평소 여름에 지내던 호텔과는 계약을 끝냈다고, 있을 곳이 너무 많았다고. 그녀가 말한다:
―결국은, 내가 틀렸지만.
그는 웃지 않는다.

그녀가 검은 실크천을 걷어냈다. 그들은 그녀의 몸을 바라본다. 그녀는 그것이 자기 것임을 잊어버렸다. 그녀는 그가 바라보듯이 몸을 바라본다.

그는 다른 남자에 대해 질문한다.

그녀가 말한다, 그도 때린다고. 그들은 그녀의 몸에서 군데군데 그 다른 남자가 때린 곳을 바라본다. 그녀가 말한다, 그는 그녀를 사랑한다고 그런데 그는 바로 이 말과 똑같은 말로 그녀에게 욕을 한다고. 그녀는 주로 그런 식으로 남자들과 함께 있다고, 그녀가 그들에게 그래주길 요구한다고. 그렇다고 그게 항상, 뭔가 같은 식으로 비슷하게 생기는 일인 건 아니라고. 그녀가 말한다: 너랑 그 남자 사이에 말이야. 그는 그 욕들을 들은 대로 다시 해달라고 그녀에게 부탁한다. 그녀는 그대로 한다. 그녀의 목소리는 애써 담담해지고자, 객관적이고자 한다. 그는 그가 말한 것을 또 해달라고 부탁한다. 그녀는 되풀이해 말한다:

—그가 말하죠, 비교할 만한 것이 아무것도 없다고. 어느모로 보나 전체적으로나.

그가 묻는다, 그는 그런 식으로 뭘 말하는 것인지. 그녀가 말한다: 안에 있는 것. 그게 그가 생각하는 거예요, 그는 그걸 말한다고 생각해요. 그는, 시내의 그 남자는, 안에 있는 그것을 쾌락의 처소라고 불러요. 그는 많은 걸 알고 그렇게 격정적으로 파고들어요. 그는 섹스로 느끼는 걸 사랑하죠. 사랑한다, 그는 사랑도 광적으로 해요, 똑같이 그래요. 그가 그녀에게 어떤 감정을 느낄 법도 하죠, 쉬운 감정이고 다음을 생각하지 않아도 되지만, 그는 그 감정을 그녀의 몸에 대한 욕망과 혼동하지 않아요. 그는 그것에 대해 그녀에게 결코 말하지 않아요. 대신, 그는 말해요, 그녀가 자기한테 얘기해준, 해가 없는 그 방에 처한 그녀의 아름다움을 늘 걱정하고 있다고, 그녀가 거기서 전설과 같은, 그가 말하길, 그녀 두 눈에 어린 파랑을, 그녀 살결의 부드러움을 잃지는 않을까 걱정이라고. 그녀가 말한다, 때로 그는 그를, 방에서 그녀를 기다리는 그 남자를 빌미로 때리곤 한다고. 하지만 그가 때리는 것은 흥분하고 싶다는 갈망에서, 마치 그게 자연스럽다는 듯 죽이고 싶다는 갈망에서 비롯된 거라고. 그녀는 그가 돌무더기가 있는 쪽에 간다는 것을 안다. 그녀가 말한다, 그는 지금 그녀의 이야기 주위를 맴돌고 있다고, 그는 돌더미가 있는 곳으로 가 거기서 그의 성기를 손으로 잡아주는 어린 여자애들을 찾고 있다고. 그녀가 말한다: 그는 나를, 저녁마다 호텔방에서 나를 안기 위해 그런 식으로 고통을 떠안으러 가는 거예요.

그녀가 말한다, 이번에는 그가 그에게 일어난 일들에 대해 그녀에게 말해주면 좋겠다고. 그가 말한다, 그에겐 아무 일도 일어나지 않는다고. 전혀. 그저 상념만. 그녀가 말한다, 그건 매한가지라고. 그는 대답하지 않는다, 그는 대답할 줄 모른다.

그 남자가 말한다, 성적으로 쾌락을 느끼는 건 머리가 좋아서 그런 거라고, 그렇지 않으면 몸은 알지 못한다고.

그녀가 그에게 말한다, 그녀는 그가 밤에 혼자 있을 때 하고 싶은 것을 할 수만 있다면, 그녀가 방금 그에게 들려준 모든 것을 그에게 내줄 거라고.

그녀가 말한다, 몇몇 여자를 상대로 그 남자가 사용한 욕설들, 그건 어떤 근본적인 소양 같은 거라고.

그는 그녀에게 그녀가 더 좋아하는 것은 무엇인지 묻는다, 그는 무엇과 무엇 가운데서인지는 말하지 않는다. 그녀가 말한다:

—욕이 정확히 처음 그 욕이 내뱉어지던 순간 그대로, 폭력성이 아직 어떤 것일지 알려지지 않은 채 나타나는 그때 그대로 반복되는 거요.

그녀가 방에 있는 전등들을 켠다. 그리고 그녀는 불빛 중앙에, 그녀가 끌고 온 시트 안에 자기 몸을 눕힌다. 그녀는 길게 눕는다, 얼굴을 덮는다. 처음에 그녀는 말이 없다. 그러다가 그녀가 말을 꺼낸다. 그녀가 말한다:

—우린 아무것도 몰라요. 당신도 나도 아는 게 없어. 우리가 아는 것, 그것은 이 다름, 당신이 나에 대해 느끼는 이 거리낌, 그게 거기 그렇게 목숨에 얽힌 무언가를 숨기기 위해 있다는 사실이에요.

어느 저녁 빛이 에워 흐르는, 무대 가장자리에서, 배우가 말할 것이다. 그녀가 이렇게 말한다고 해볼 것이다: 배우단의 교체 같은 일이 일어날 수 있을 것이다. 마치 카지노나, 잠수함, 또는 공장 같은 데서 일하는 사람들 사이에 생기는 일인 듯이. 배우들의 이런 점진적인 교체는 조용하고 가벼운 몸놀림 가운데 이루어질 것이다. 새 배우들은 오후에 도착한 것 같을 것이고, 그들은 아직까지 단 한 번도 보여지지 않았을 것이나 그들 모두가 그 남자를, 주인공 남자를 닮아 있을 것이다.

그 배우들, 그들이 그녀가 있는 곳까지, 지금 있는 모

습 그대로, 얼굴을 검은 실크천 아래 감추고 시트에 묻혀
잠들어 있는 그녀의 몸까지 온다고 해볼 것이다. 그러면
그녀, 그녀는 그를 잃어버리고 말았을 테고, 그 새로운
배우들 사이에서 더이상 그를 알아보지 못할 것이며, 그
렇게 그녀는 절망할 것이다. 그녀는 이렇게 말할 것이다:
당신은 인간이라는 어떤 보편적 관념에 아주 가까이 닿
아 있어요, 그래서 당신은 잊힐 수 없는 사람이야, 그래
서 당신이 나를 울게 만들어.

그는 잔다.

며칠 전부터 그는 훨씬 쉽게 잠에 빠져들곤 한다. 경계심이
한층 누그러진 것이다. 처음 며칠 동안은, 그는 주로 덩그런
집안으로 자러 가곤 했다. 이제 그는, 테라스에서 돌아오면,
어쩌다가 그녀 앞에서 잠을 자는 일도 있다, 그녀가 그에게 다
가와도 소리치지 않을 때도 있다.

그가 잠에서 깬다. 그는 변명하려는 듯이 말한다:

—지쳤어요, 죽어가는 것만 같아.

그녀가 말한다, 별거 아니라고, 피곤한 건 밤에 생활하는

까닭이라고, 아무때고 좋으니 그는 다시 햇빛을 좀 보고, 밤에 깨어 있는 시간을 줄일 필요가 있을 거라고.

그가 그녀를 바라본다, 그가 말한다:

—당신 검은 스카프 안 했네요.

그렇다, 그녀는 그가 자는 동안 그를 지켜보려고 그걸 쓰지 않는다.

그녀가 그와 가까운 곳에 눕는다. 두 사람 모두 잠에서 깨어 있다. 어느 곳 하나 닿지 않는다, 손가락조차. 그는 그녀에게 돌무더기가 있는 곳에서 상대한 남자의 성기는 어땠는지 말해달라고 한다. 그녀가 말한다, 그것은 세상의 기원에 있는, 상스럽고 추악한 어떤 물건을 닮았다고, 그것은 욕망의 상태 그대로 굳어버린, 언제나 팽팽히 차올라 단단한 것, 상처처럼 쓰라린 것이었다고. 그가 그 기억은 고통스러운 것인지 묻는다. 그녀가 말한다, 그건 아주 생생한 고통으로 치러졌지만, 그가 사정하면서 그녀가 끄집어낸 극치의 쾌감에 그 고통은 잦아들고, 그렇게 그것이 그녀의 쾌락이 되었다고. 그러나 각자 분리된, 별개의 것이었다고.

그는 그녀가 잠들길 기다린다. 그는 자신의 몸을 그녀의 몸 가까이 가져간다, 그는 몸을 바싹 다가붙인다. 그는 거기 그대로 있는다. 그녀가 눈을 뜬다, 그를 알아볼 정도의 사이를 두고 그녀는 다시 잠이 든다. 그녀는 종종 그가, 밤이면, 스스로 익숙해지기 위해 그녀를 바라본다는 것을 안다. 특히 시내의 그 남자를 만나고 돌아온 그녀가 초주검이 되어 잠을 잘 때면.

그녀의 몸은, 자기 곁에서, 따스하다. 그는 그녀와 살을 맞대고 있다. 자신의 몸에 닿은 그녀의 몸, 인자함 속에, 미동조차 없다. 따스함은 공동의 것이 된다, 살결도, 내적인 삶도.

그는 어째서 그가, 오늘 저녁, 자기 몸과 이렇게 가까이 있는 이 몸을 견뎌낼 수 있는지 의아하게 여기지 않는 부류다. 자기 상태에 대해서도 그 이유를 결코 자문하지 않는 사람, 뭔가 생기길 기다리고, 잠들길 기다리는, 마찬가지로 밤과, 낮과, 쾌락을 기다리는 부류의 사람. 아마 그러려고 마음먹은 것도 아니었겠지만 갑자기 그녀 위에 있는, 자기 자신이라는 사람으로부터 잠시 벗어나, 스스로의 장벽 바깥에 있는 그런 사람.

그가 몸을 뒤집을 것이다. 그는 그녀의 몸을 자신의 몸으로 덮어버릴 것이다, 그는 그 몸을 자기 쪽으로, 자기 몸의 축으로 다시 끌어올 것이다. 그리고 천천히 그는 중앙의 뜨거운 개흙 속으로 빠져들 것이다.

거기서 그는 그대로 움직이지 않고 있다. 그는 자신의 운명을, 자기 몸의 의지를 기다릴 것이다. 그는 필요한 만큼의 시간을 기다릴 것이다.

그것에 대해 생각해보는 사이, 그 생각이, 노골적으로, 단말마의 비명 사이로 모습을 드러낸다. 생각이 멎는다. 자신의 몸을 따라 느릿하게 늘어지는 그녀 몸의 움직임 속에, 신음이 새겨진다, 아주 밭은, 격앙되어 끊기고, 말미암아 목멘.

그는 거기 그대로 있을 것이다. 그러다가 그는 벽에 붙어 영영 몸을 돌려버릴 것이다. 그는 다시 욕을 할 것이다. 그는 울지 않을 것이다.

그녀는 노란 불빛 아래 가만히 있다, 그녀는 그를 바라보지 않는다, 그녀는 그를 잊었다. 오랫동안 그들은 말이 없다.

그가 말한다, 이제 그녀가 왜 그게 안 되는지 말할 차례라고.

그녀, 그녀로서는 더이상 그것이 어떻게 가능한지도 알지 못한다. 그녀가 말한다, 그녀는 이제 어떤 남자에게도 더이상의 욕정이 없다고, 그녀를 내버려두라고.

그가 말한다: 그건 아마 이 장소, 그녀가 그에게서 훔쳐갔던 이 방 때문일지도 몰라요.

아니, 방 때문이 아니다, 그녀는 그렇게 생각하지 않는다. 그녀가 생각하기에, 그건 신 때문이다. 강제수용소를, 전쟁을 만든 그런 존재. 그녀가 말한다: 단념해야 하는 거지.

그녀가 그를 부른다, 그녀가 운다.

그녀가 몸을 일으킨다. 그녀는 방안을 걷는다.

그녀가 말한다, 그건 어쩌면 그들 곁을 떠나지 않는 바다, 소리와 더불어 늘 거기, 이따금 도망치고 싶어질 정도로 너무 가까이 있는 바다 때문일 거라고, 그건 그 창백하고 불길한 불빛, 하늘로 번져가는 햇빛의 그 더딤, 이 사랑으로 말미암아 나머지 모든 세계와 벌어진 그들의 그런 뒤처짐 때문인 거라고.

그녀는 방안의 그녀 주위를 살펴본다, 그녀가 울기 시작한다. 이 사랑 때문이야, 그녀는 말한다. 그녀는 다시 멈춘다. 그녀가 말한다, 자기들이 살듯이 사는 건 끔찍한 거라고. 그녀가 그를 보고 갑작스레, 말을 한다. 그녀가 소리친다, 이 집에선 아무것도 읽을 수가 없다고, 그런 게 있지도 않다고, 읽을거리라고 할 만한 것들, 그런 건 그가 전부 버렸다고, 책이고, 잡지고, 신문이고, 심지어 텔레비전도 라디오도 없다고, 바깥세상에서 무슨 일이 벌어지는지 알 길이 없다고, 자기와 지극히 가까운 주변에서 벌어지는 일조차, 더이상 알지 못한다고. 자기들이 사는 것처럼 살 바에야, 죽는 게 낫다고. 그녀는 그 앞에서 또다시 멈춘다, 그녀가 그를 바라본다, 그녀가 운다, 그녀

가 다시 말한다: 모든 걸 가져가버린, 그리고 불가능한 이 사랑 때문이야.

그녀가 멈춘다. 그는 그녀의 말을 듣고 있었다. 그는 웃지 않는다. 그가 묻는다:

—무슨 말을 하는 거죠?

그녀는 혼란스럽다. 그녀가 말한다:

—아무 생각 없이 말했어요. 너무 피곤해요.

그녀가 말한다: 그런 게 나한테 문제가 됐던 적도 없고.

그는 다시 일어섰다. 그가 그녀를 자기 쪽으로 일으킨다. 그가 그녀의 입에 키스한다. 욕망, 패배감 속에서, 미친, 그 욕망에 그들은 몸을 떤다.

그들은 서로에게서 떨어진다. 그가 말한다:

—이 정도까지일 줄은 몰랐어요.

그들은 방안에 서서 그대로 있는다, 눈을 감고, 말없이.

밤의 어느 시간엔가 집 주변에는 더이상 아무 소리도 없다. 간조 때 이 정도 거리의 방에서는, 되밀려오는 파도가 부딪히는 소리만 간헐적으로 들릴 뿐, 메아리 하나 없다. 이런 소강 속에는 더이상 개들이 짖는 소리도 트럭들이 덜컹이는 쇳소리도 없다. 마지막으로 사람들이 지나간 뒤, 일출이 가까워질 무렵, 시간은 헐벗은 공간, 순수한 횡단의 모래밭이 되기까지 스스로 모든 물질을 비워내는 것이다. 그때 키스의 기억이 더욱 강렬해진다. 그것이 그들의 피를 달군다. 그들이 말을 하지 않게 만든다. 그들은 할 수가 없다.

평소 그녀가 움직이는 것은 밤의 이 시간에서다. 오늘은, 아니다. 그녀는 어쩌면 하루의 임박을, 그리고 그에 동반되는 적막을 두려워하고 있다.

키스는 쾌락이 되었다. 그것이 치러졌다. 그는 죽음을, 그 생각에서 비롯된 공포를 아랑곳하지 않고 했다. 그뒤로 또다른 키스가 이어진 것은 아니었다. 그것이 욕망을 오롯이 다 차지한다. 단 한 번만으로도 그에게는 그의 황량함이자 그의 광막함이요, 그의 정신이자 그의 몸인 것이다.

그녀는 시트의 하얀 웅덩이 속에 있다. 그의 손이 닿는 거리에, 얼굴을 드러낸 채. 키스는 벗은 몸이나, 방이 그러는 것보다도 더 그들의 몸을 가까이 다가붙게 한다.

이제, 그녀가 깨어난다. 그녀가 말한다:

—당신 거기 있었네.

그녀는 그의 주변을, 방과, 문과, 그의 얼굴을, 그의 몸을 바라본다.

그녀가 그에게 묻는다, 그녀를 죽여야겠다는 생각이 오늘

밤에도 떠올랐느냐고. 그가 말한다:

—그 생각이 다시 들긴 했지만 그건 사랑해야겠다는 생각 같았어요.

키스에 대해, 그들은 말하지 않을 것이다.

그녀는 첫잠이 들어 있다.

그는 밖으로 나간다, 그는 돌더미가 있는 곳 반대 방향으로, 해안가에 죽 늘어선 커다란 호텔들을 따라 간다.

그는 단 한 번도 이쪽으로 돌아와보지 않았다. 아마도 목격자들이 자길 그 여름날 저녁 이곳에서 있었던 추문—지금 그는 그렇게 생각하고 있다—그 일의 실제 장본인으로 알아보는 건 아닐까 하는 두려움에. 그는 자신이 있던 곳을, 파란 눈 검은 머리의 젊은 외국인이 있던 자리를 마주보고 열려 있던 창문 근처를 다시 찾는다. 로비로 들어가는 모든 문은 닫혀 있다. 가구는 영국식이다. 안락의자들, 거무스름한 마호가니 탁자들. 소음과 바람을 피해 이 평온 속에 따로 놓인 많은 꽃이 있다. 그는 유폐된 꽃의 냄새를, 이제는 차갑게 식어버린 태양의 열기에서 올라오는 냄새를 어렵지 않게 상상한다.

접이문 창유리 뒤로, 똑같은 침묵 속, 움직이는 하늘, 바다.

그는 그녀가 갖고 싶다, 그녀, 그 해변 카페에서의 여자를.

일전의 저녁 이후 그는 그녀에게 키스를 하지 않았다. 두 사람의 입이 닿은 그날의 키스는 그의 몸 전체로 퍼져나갔다. 그것은 하나의 온전한 비밀처럼, 두려움에, 미래가 있을까 하는 두려움에 희생시켜야만 하는 어떤 행복처럼, 그의 안에 오롯이 간직되어 있다. 바로 그 키스에 대한 생각이 그를 자신의 죽음에 대한 생각으로 이끌어간다. 그는 로비 문을 열고 어떤 방식으로든 거기서 목숨을 끊을 수도, 아니면 온실 같은 따스함 속에서 잠을 잘 수도 있을 것이다.

그가 돌아올 때면, 그녀는 거기, 자기 자리에, 길게 누워 있다.

그녀는 그를 보지 않고 그가 있는 쪽을 바라본다, 텅 빈 눈으로. 그녀는 그가 알지 못하는, 음험하고, 그악한 어떤 분노에 사로잡혀 있다. 그녀가 말한다:

─당신은 신이라는 관념을 무슨 파는 물건으로나 그럴 것처럼 마음대로 해보고 싶은 거겠지, 귀에 거슬리고 케케묵은 그 관념을 어디에나 퍼뜨리고 싶은 거겠지, 마치 신이 당신의 섬김을 필요로 한다는 듯이 말이야.

그는 대답하지 않는다. 그는 대답하지 않는 부류의 사람이다.

그녀가 계속한다: 당신 울 때는, 신을 강제로 어떻게 하지

못해서 우는 거지. 신을 훔치지도 신을 나눠주지도 못해서.

분노가 사그라든다, 거짓도. 그녀가 눕는다, 시트로 몸을, 그리고 검은 실크천으로 얼굴을 덮는다. 검은 실크천 아래에서 그녀가 운다. 그녀가 울면서 말한다:

—그래, 맞아요, 당신 역시 신을 말하는 일은 결코 없죠. 그녀가 말한다: 신, 그건 저 법이에요, 하루하루를 관장하고 어디에나 있는 법, 그러니까 밤마다 바다 쪽으로 당신 자리를 옮겨가면서 그걸 찾으러 다닐 일까지는 없는 거죠.

그녀가 운다. 그것은 깊고 실의에 빠진 어느 괴로움의 상태다. 고통을 주는 것은 아닌, 말 되어지는 것이라기보다 눈물로 흐르는, 모종의 행복과 나란히 존재할 수 있는. 그리고 그는, 그로서는, 그것에 결코 다가갈 수 없을 것임을 알고 있는 그런.

그녀가 그를 깨운다.

그녀가 말한다, 자기가 미쳐가고 있다고.

그녀가 말한다: 당신은 자고 있었고, 모든 것이 조용했어요. 나는 당신의 얼굴을 바라봤어요, 그리고 당신이 잠들어 있는 동안 거기서 무슨 일이 벌어지는지도. 나는 당신이 밤새도록 공포에 공포를 거듭해 부대끼며 가는 것을 봤어요.

그녀는 벽으로 시선을 돌린 채 말한다. 그녀는 그를 향해 말을 뱉는 것이 아니다. 그의 가까이에서 그녀는 그의 존재 바깥에 있다. 그녀가 말한다: 갑자기, 우주라는 짜임 속, 당신의 얼굴이라는 이 작은 면적이 차지하는 곳에서, 씨실 하나가 느닷없이 헐거워지는 일이 생겨났어요, 하지만 그래봤자 그건, 기껏해야 명주실 한 가닥에 긁힌 손톱자국 정도겠죠. 그녀가 말한다, 그녀의 광기는 어쩌면 일전의 어느 날 밤, 그가 잠든 동안, 그녀가—저 얼굴과 온 우주 사이를 가르는 행선지의 그런 차이와 동시에—그들에게 마련된 운명의 동일성을, 즉 그들은 함께 실려왔고 시간의 움직임에 의해 같은 방식으로 으깨졌으며, 그것은 우주의 매끄러운 씨실이 다시 거두어질 때까지임을 깨달았다는 사실에서 비롯된 것이리라고.

그러나 어쩌면 그녀가 틀린 것일지도 모른다. 이제 그녀는 그녀가 그에 대해, 그에게 품고 있는 그런 감정에 대해 말할 때 자기가 무엇에 대해 말하고 있는지 알지 못한다. 그녀가 확신하는 것, 그것은 일출에 앞선 몇 시간 동안은 조심해야 한다는 것이다, 마지막으로 사람들이 지나간 뒤, 밤이 검을 때면.

한밤중에 다시, 그녀가 그를 깨운다, 그녀가 말한다, 그녀가 그에게 말해야 한다는 걸 까먹고 있었다고, 그녀가 그에게

이야기한다: 그녀는 바닷가를 잘 안다, 그곳을 평생 봐왔으니까, 이 방도 잘 알고 있었다, 전에 본 적이 있으며, 그땐 창문하나가 깨져 있는 빈집이었다. 예전에는 이 집에 여자들이 있었다고들 했다, 여름이면 그녀들이 아이들을 데리고 테라스에 나와 있곤 했다고 했다. 하지만 그녀, 그녀는 그 여자들과 그 아이들을 한 번도 보지 못했다, 아주 아득하게나마 그녀가 기억하는 한 이 집에는 그후로 아무도 없었다. 그러다가 어느날엔가 불빛이 났다. 그녀는 이걸 오래 전부터 그에게 말해주고 싶었다, 잊어버리고 있었지만.

그가 그녀에게 묻는다, 이따금 저녁에 문을 두드린 것이 그녀였냐고.

아마, 그럴지도. 가끔가다 그녀는 몇몇 집을 돌며 그러긴했지만 그건 불이 켜 있을 때의 일이고 또 그곳에 남자들만 살고 있다는 사실을 알았을 때의 일이다.

올여름 어느 저녁, 집 저쪽 저 문을 두드린 것이 그녀였을까? 그는 문을 열러 가지 않았다. 아무도 기다리지 않을 때 그는 문을 여는 법이 없다. 전화를 차단해두고는 열지 않는다. 이번 여름에 그녀가 왔다는 것이 가능한 일이었을까? 그녀는 왔다는 것을 정확히 기억하지 못한다. 그저 지금은 그녀가 그를 아는 이상 그렇게 했어야 했을 것이라는 느낌이 든다. 따지고 보면 아니었을까, 그녀가 창문을 통해 불빛을 본 일 정도는 있어야 했겠지만 불빛이 없었어도 그녀는 또 몇 번인가 그렇게 했을 수도 있다.

그가 말한다, 가끔씩, 기다리는 사람이 아무도 없을 때면, 그는 집안으로 밤이 들어오게 둔다고, 불을 켜지 않는다고. 그건 비어 있는 집에서 무슨 일이 생길 수 있는지 알아보려고. 그녀가 말한다: 그게 나군요.

그녀가 눈을 뜬다, 그녀가 눈을 다시 감는다, 그녀가 말한다: 진짜 늦게까지 잤네요, 우리.

손으로 그녀가 그의 얼굴을 쓰다듬고 이내 잠에 겨워, 손은 떨어진다. 그녀의 눈이 다시 감긴다.

그녀가 말한다:

—어젯밤 그 남자와 함께 있었어요. 바 위층에 있는 방에서 그를 다시 만났죠. 나는 그에게 날 데리고 우리처럼, 만약 죽음이 우리 마음을 차지하지 않았더라면 우리가 했을 것을 그대로 해달라고 했어요.

방안, 그가 다가왔다. 그는 그녀 곁에 눕는다. 그녀의 몸이 떨린다, 그녀가 간신히 말을 한다. 매번 말이 막힐 때마다 그녀는 운다. 그녀가 말한다:

―나는 그 남자에게 한동안 그의 곁에서 자게 해달라고 부탁했어요. 나는 내게 어떤 것들을 해달라고 부탁했어요, 그렇지만 오직 내가 잠든 사이에만 하기 시작하되, 서서히, 아주 살살 해달라고 했어요.

그녀가 되풀이한다:

―나는 내게 말을 해달라고, 그리고 내가 그에게 말하게 될 것들을 해달라고 그에게 부탁했어요, 그러나 내가 잠에서 깨지 않도록 아주 가볍게, 아주 천천히 그 말들을 해주고, 그것들도 그렇게 해달라고요. 나는 그것들이 무엇인지, 그 말들이 무엇인지 그에게 말했어요.

나는 또 그에게 말했어요, 나를 깨우지 않을까 염려가 되더라도 내가 잠에서 깼는지 아닌지는 알려고 애쓰지 말아달라고. 왜냐하면 그럴 경우, 다 잊고 몰입하기까지 시간이 너무 오래 걸려서 그게 마치 어떤 끝나지 않는, 불가사의한 임종과 같을 테니까.

그는 내가 요구한 것을 해줬어요. 천천히, 오랫동안. 그러다가 그의 목소리, 갑자기, 나는 그 목소리를 들었어요, 생각이 났어요, 그의 손이 내 피부를 뜨겁게 달궜어요. 처음엔 살며시, 사이를 둬가면서, 그러다 잇달아 계속해서, 그의 손이 내 몸을 불태웠어요.

그가 말했어요, 내 눈꺼풀이 마치 뜰 힘도 없으면서 눈을 떠보려고 안간힘을 쓰듯 떨리고 있다고. 그리고 내 뱃속 깊숙한 곳으로부터 진하고 뿌연, 피처럼 뜨거운 액체가 쏟아져나왔다고. 그를 그 깊숙한 곳 안쪽으로 들여보내려고 내 다리가 벌어지던 그때 내가 잠에서 깼다고. 그 깊숙한 곳 끝까지 파고들기, 그는 끝내 반드시 거기까지 가닿기 위해 그걸 아주 천천히 했었다고. 두려움에 울부짖었다고. 절박함이 가라앉기까지 그 깊숙한 곳 가장 안쪽에서 그는 아주 오랜 시간을 기다렸다고. 그녀가 말한다:

—나는 그가 원한 만큼 그렇게 긴 시간을 기다려주고 싶지 않았어요. 나는 그에게 빨리, 그리고 세게 해달라고 했어요. 우린 말하길 멈췄어요. 오르가슴이 저 위에서부터 왔어요, 우린 그걸 붙잡았고, 그 쾌락이 우릴 지워버렸어요, 그게 우릴 아주 삼켜버렸어요. 그러곤 사라져버렸죠.

방안, 몸들은 시트의 하얀빛 속으로 쓰러졌다. 감겨 있던 눈은 얼굴에 밀봉되었다.

그런 뒤 눈이 떠졌다.

그런 뒤 눈은 또다시 감겼다.

모든 것이 끝났다. 그들 주위엔, 부서진 방.

그들은 그렇게, 눈을 감은 채, 오랫동안, 공포에 시달리고만 있었다.

처음 그들은 서로 떨어져서 간격을 유지하고 있었다. 그러다 그들의 손이 파국 속에서 다시금 서로를 발견해냈다. 여전히 떨리고 있었지만, 두 손은 자는 내내 서로가 서로에게 꼭 붙어 있었다.

잠에서 깨어, 다시 한번 오열하는 두 사람, 벽을 향해 돌린 시선, 수치.

오랫동안 그들은 서로에게서 떨어져 울고만 있었다. 그러다가 울지도 않고 움직이지도 않고 그들은 거기 그대로 남아 있었다. 또 한참 동안을.

그후 그녀가 그에게 물었다, 이 어슴푸레한 빛은 이제 동이 터오는 것이냐고. 그는 그녀에게 말했다, 아마 날이 밝아오는 것이겠지만 일 년 중 이맘때에는 해가 뜨기까지 시간이 꽤 오래 걸려서 확실히 말하기는 어렵다고.

그녀가 그에게 묻는다, 이게 마지막 밤이냐고.

그가 말한다, 그렇다고, 이 밤이 마지막일 수도 있지만, 그는 알지 못한다고. 그는 그녀에게 자긴 아무래도 아무것도 아는 게 없다는 사실을 상기시킨다.

그가 테라스로 간다. 날은 꽤 어둡다.

그는 거기 있는다, 그는 바라본다. 그가 운다.

그가 방으로 돌아오자, 그녀는 앉아 있다, 허리를 바로 세우고, 그녀는 그를 기다린다. 그들은 서로를 바라본다. 그들은 서로를 원한다.

그녀가 그에게 말한다, 이별의 밤을 보낸 뒤 역 앞 호텔에 있는 여자처럼 살해당하는 것이 두렵다고. 그가 그녀에게 말한다, 이제 그녀가 두려워할 것은 없다고. 그녀는 그가 테라스에 나가 있었을 때 그런 생각이 들었을 것이라 생각한다. 그는 그렇다고 인정한다. 그가 말한다: 순간 반짝한 거라, 아무것도 아니에요.

그녀가 운다. 그녀가 말한다, 이건 그가 그들의 이야기를 늘 필요로 했음을 알면서 생긴 감정이라고, 그녀의 몸은 그 혼자만의 의지로도, 방안에 있는 그의 몸 옆에서 영원히 죽어 있을 수도 있었음을 기억해내면서 생긴 감정이라고.

그가 말한다, 사실 매일 밤 그 생각이 떠올랐다고, 바다에 대한 공포, 그 범접할 수 없는 아름다움에 뒤섞인 채로.

그는 그녀에게 배 얘길 꺼낸다.

그가 말한다, 그는 저기, 아주 가까이서, 해변에서 백 미터가량 떨어진 곳에서 크루즈 한 척이 지나가는 것을 보았다고. 갑판은 텅 비어 있었다. 바다는 호수 같았고, 배가 호수 위로 나아갔다. 일종의 요트였다. 하얀. 그녀가 언제였냐고 묻는다. 그는 이제 잘 모르겠다, 며칠 밤이나 지났을까.

그녀는 이 해변에서 배를 본 적이 없었다. 하지만 왜. 어쩌면 안개 속에서 길을 잃은 사람들─이 계절의 난바다는 늘 그렇다─그리고 해수욕장의 큰 호텔들이 내는 불빛을 향해 나아오던 사람들 탓일까.

그는 배가 물길로 접어들어 사라질 때까지 해변에 남아 있었다. 저속으로 회전하는 엔진음이 그때까지 그가 경험해보지 못한 방식으로 그의 심장을 파고들었다. 그는 파란 눈 검은 머리의 젊은 외국인을 향한 욕망이, 해변에서 배가 멀어져가던 그때, 바로 그 순간 마지막으로 한 번 그에게 낯빛을 드러냈던 것이라 생각한다. 배가 사라졌을 때 그는 모래밭에 쓰러져 있었으리라.

배가 사라진 뒤 얼마 지나지 않아, 그가 잠에서 깨어났을 때, 너울진 파도 한 자락이 집의 벽까지 들이닥쳤다. 그것은 그의 발밑에서 무너져내렸다. 마치 그를 피하려는 듯이, 술 장식처럼 하얗게 풀어져, 살아 움직이는, 어떤 글씨와도 같은 파도가. 그는 그것을 그 배로부터 그에게 전해졌을 대답으로 받아들였다. 파란 눈의 젊은 외국인을 더이상 기다리지 말라는 대답, 그가 다시는 프랑스 해변으로 돌아오지 않으리라는 그런.

강물처럼 바다가 평온해지는 바로 그 순간 그는 사랑하고 싶다는 욕망을 가졌었다. 그들이 서로에게 맡겼던 그 단 한 번의 입맞춤 속에서처럼 광기의 욕망으로 사랑하고 싶다는. 또 한 그 순간 그에겐 그녀의 살갗과, 그녀의 두 눈과, 그녀의 가슴이, 그녀의 몸에 있는 것들 모두가, 그녀의 향기가, 그녀의 두 손이 기억으로 되살아났다.

그는 그녀를 욕망하는 그 상태 그대로 몇 날, 며칠 밤을 있었다.

그후 그 사랑이 되살아났다—키스의 기억처럼—그의 생명줄이었던 사랑, 그 여름 저녁 그들이 해안가 그 카페에서 만났을 때 그에게 두려움을 주었던 그 사랑이.

그녀가 말한다, 그게 그 사랑이었다고. 그날 저녁 그들 두 사람의 눈물로 흘려진 사랑, 그것은 서로를 향한 그들의 진정한 충실함이었다고. 그것은 지금 그들의 이야기와 앞으로의 그들의 삶에 다가올 숱한 이야기까지도 넘어서는 것이었다고.

그가 그녀에게 말한다, 동일한 한 사람 그 젊은 외국인이 그날 저녁 해변에서 그들이 겪은 절망의 원인이었다고.

그녀는 기억한다, 그가 그녀에게 파란 눈 검은 머리의 한 젊은 외국인에 대해 자주 말했던 것을. 하지만 그녀, 그녀 자신은 그것이 그녀가 사랑했던 사람과 관련된 이야기일 줄은 단 한 번도 생각해보지 못했음을.

그녀는 그가 말했던 죽을 만큼의 고통을 더 잘 기억한다, 매년 여름 그를 산산이 부서뜨릴 지경까지 엄습해오던 고통을, 모호하고도 앞뒤 없이 아주 멋대로 찾아들던 그 고통을.

그가 말한다, 그는 있었던 일을 늘 혼동하곤 하지만 그 카페에서 그들이 만난 덕분에 그 젊은 외국인에 대한 기억만큼은 착오를 면하게 된 것 같았다고.

그녀가 말한다, 아니라고, 무슨 일이 일어났는지 아는 건 그들에게 불가능하다고, 그들은 범죄 현장에 있으면서도 지켜봐야 한다는 것을 잊어버린 목격자들과 같았다고.

유일한 증거는 그가 그녀를 알아본다는 사실이었을 것이다, 그녀를, 그 로비의 여자로서. 그런 경우라면 그들은 그날 저녁, 해안가에 있는 그 카페에서 서로를 모르고 있었을 것이다.

그는 덩그런 집안으로 술을 마시러 갔다. 그는 가끔 그러곤 하는데 그녀에게 그건 아무래도 괜찮다. 그는 그 하얀 배가 존재했음에 확신을 갖고 싶다. 오늘밤 그는 그것을, 어떤 다른 기억과, 똑같이 비어 있는 어떤 장소와 혼동한다. 그가 말한다: 해안가의 한 호텔 로비와.

그녀가 말한다: 배는 존재했어요. 시내에서 그렇게들 말했어요. 르아브르에서 왔다던데요. 썰물에 실려 멀리 바다 한가운데까지 떠내려갔다가 연안의 불빛을 좇아 되돌아왔을 거예요. 중형 요트였고, 국적은 그리스였어요. 그 말고 그걸 봤던 다른 사람들은 뱃전에 승무원밖에 없었다고 말했죠.

그녀가 묻는다, 그 배 위에 승객들이 보였느냐고.

그는 확신할 수는 없지만, 배가 선체를 돌렸을 때, 그가 생각하기에는, 있었다. 난간에 팔꿈치를 괴고 있는 한 남자와 한 여자를 보았던 것 같은데, 아마 담배를 태우며 해변을 따라 환하게 늘어선 카지노의 긴 행렬을 감상하는 그런 시간이었으리라. 그러나 배가 물길 쪽으로 다시 움직이기 시작했을 때, 그들은 이미 선실로 내려갔을 테니―그는 그들을 다시 보지 못했다.

그는 그녀 가까이 눕는다. 그들은 그들이 이제까지 경험해보지 못했던, 그토록 깊은, 행복 안에 있다. 그들은 그것이 무섭다.

그가 그녀에게 말한다, 그가 착각했다고, 동터오는 햇빛이 아니었다고, 석양이었다고, 그들은 새로운 밤을 향해 가고 있다고, 날에 닿으려면 그 밤이 지속되는 시간 전체를 기다려야만 할 거라고, 그들은 시간이 지나는 것을 잘못 생각하고 있었다고. 그녀가 그에게 바다의 색을 묻는다. 그는 더는 알 수가 없다.

그는 그녀가 우는 것이 들린다. 그는 그녀에게 무엇 때문에 우는지 묻는다. 그는 그녀의 대답을 기다리지 않는다. 그는 그녀에게 묻는다, 바다의 색은 어떤 색이어야 했던 거냐고. 그녀가 말한다, 바다는 하늘의 색에서 자기 색을 취한다고―그건 어떤 색의 문제라기보다 빛의 상태에 관한 것이라고.

그녀가 말한다, 그들은 어쩌면 죽기 시작했는지도 모른다고.

그가 말한다, 죽음에 대해서는 아는 것이 아무것도 없고, 그는 그가 사랑했던 때에도, 그가 사랑할 때에도, 그가 죽을 때에도 아는 것이 없는 부류의 남자라고. 그의 목소리에는 여전히 어떤 외침들이 있다. 하지만 저 멀리서, 울음으로 외쳐진.

그럼에도 그는 그녀에게 말한다, 그 또한, 지금 그들 사이에 일어나는 일은 그들의 만남이 있고 난 처음 며칠 사이에 그녀가 말했던 것과 다름없으리라 생각한다고. 그녀가 바닥에 얼굴을 묻는다, 그녀가 운다.

마지막 밤이다, 배우가 말한다.

관객들은 움직이지 않고 침묵의 방향을, 주인공들이 있는 방향을 응시한다. 배우는 눈짓으로 그들을 가리킨다. 주인공들은 여전히 빛이 에워 흐르는 가장자리에서 강한 불빛에 노출되어 있다. 그들은 객석을 마주하고 누워 있다. 마치 침묵에 소거된 듯하다.

그들은 객석과, 바깥과, 낭독과, 바다 쪽을 바라본다. 그들의 시선은 두렵다, 고통스럽다, 모두의 주목이 쏠리

는 대상. 무대 위 배우들의 대상이자 객석 속 관객들의
대상이 되었음에 늘 죄의식을 느낀다.

　마지막 밤, 배우가 고한다.
　그들은 객석과 마주하고 있다. 서로에게 가까이 다가
가고 또 멀어지면서, 모든 인간사로부터 사라질 준비가
되어 있다. 다른 배우들의 부동자세를, 그들의 움직임의
중단을, 마지막 침묵에 의해 강제되는, 그악한 그들의 청
취를 불러일으키는 것은, 희미해지는 빛이 아닌 고립된
배우의 목소리일 것이다.
　엿새째 밤이 있던 그날 저녁, 그의 시선은 그녀의 시선
에서 비껴났을 것이다. 그리고 그녀, 그가 다가옴과 함께
곧, 그녀는 하얀 시트로 몸을 뒤덮었을 것이다.

　마지막 하나의 문장이, 배우가 말한다, 어쩌면 그 침묵
에 앞서 말해졌을지도 모른다고 해볼 것이다. 그 문장은
그녀가 그를 향해, 그들의 사랑이 다다른 마지막 밤 동안
말해야 했던 것으로 되어 있었을지도 모른다고 해볼 것

이다. 그것은 때로 누군가 자신이 아직 모르는 것을 알아차리면서 겪는 감동이나, 고통의 육중함을 앞에 두고 말의 치우침 때문에, 말의 빈궁함 때문에 표현할 수 없게 되는 그런 장해와 관련되어 있었을 것이다.

무대 안쪽에는, 배우가 말한다, 파란색으로 칠해진 벽이 하나 있었다고 해볼 것이다. 그 벽은 무대를 막고 있었다. 그것은 거대했고, 서녘을 향해, 바다와 마주하고 있었다. 원래대로라면, 그것은 버려진 독일군 요새의 한 부분이었던 것도 같다. 그 벽은 낮이고 밤이고 바닷바람에 두들겨맞아도, 또 가장 사나운 폭풍우를 정면으로 당해내도, 파괴될 수 없는 것으로 정해져 있었다.

배우가 말한다, 이 벽에 대한 그리고 바다에 대한 생각을 중심으로 극장이 지어졌다고, 바다의 웅성임이, 가깝든 멀든, 늘 극장 안에 있을 수 있도록. 잔잔한 날씨면, 그 웅성임은 벽의 두께로 인해 잦아들곤 했다, 하지만 그 소리는 항상 거기, 바다의 나긋한 리듬으로 존재했다. 그 본바탕을 오해할 리는 없었다. 폭풍우가 거세게 치던, 그런 몇몇 밤에는 방 벽에 파도가 쇄도하는 소리와 또

부서지는 소리가 말소리들을 가로질러 선명하게 들려오
곤 했다.

부재의 복원과 사랑의 입체낭독극

"이 이야기는 내가 글로 쓰게 되었던 사랑,
그중 가장 위대하고
가장 끔찍한 한 사랑 이야기다."
—마르그리트 뒤라스[1]

텍스트의 탄생과 사랑의 탄생

이야기는 "여름 어느 저녁녘이…… 이야기의 중심이라고

---

1) Marguerite Duras, *Œuvres complètes IV*, édition publiée sous la direction de Gilles Philippe, Gallimard, coll. Bibliothèque de la Pléiade, 2014, p. 291. 이 문장은 『파란 눈 검은 머리』 초판본 출간 당시 『르 마탱*Le Matin*』(1986년 11월 14일)에 뒤라스가 직접 작성해 실은 책 소개글의 일부다. 이하 갈리마르에서 펴낸 플레이아드판 전집 (재)인용시 "전집과 권수, 쪽수"의 형식으로 약기한다.

해볼 것이다"(본문 9쪽)라는 배우의 말과 함께 시작된다. 여름, 프랑스 북부 어딘가의 해안도시, 어스름이 짙게 깔린 어느 아름다운 저녁녘, 이야기 속 남자가 호텔 로비를 바라보고 이야기 속 여자는 로비 안으로 들어선다. 기이한 흐느낌을 닮은 외침이 들려온 뒤, 여자는 파란 눈 검은 머리의 한 젊은 외국인과 함께 사라진다. 이 장면을 지켜보며 남자는 절망에 빠진다. 그날 밤 파란 눈 검은 머리의 애인을 잃은 남자와, 역시 파란 눈 검은 머리의 한 젊은 외국인과 이별한 여자가 만난다. 둘의 만남은 부재하는 남자에 대한 사랑을 매개하는 기이한 거래로 이어진다. 두 사람은 이 거래를 통해 매일 밤 파도소리가 들려오는 닫힌 방안에서 벌거벗은 채 잠을 자고, 눈물을 흘리며, 두 사람이 기억하는 동일한 한 남자, 파란 눈 검은 머리의 젊은 외국인과의 이별을, 그 고통을 함께 살아낸다. 상대의 결여가 자신의 결여와 겹쳐지는 순간에만 사랑을 온전히 느낄 수 있는 이들은, 욕망이 사라질 것이 두려워 이미 상실된 사랑을 복원하려 한다. 하지만 삼각관계 속에서 이루어지는 이 사랑의 제의는 혐오와 불가능한 욕망을 확인하며 반복될 뿐, 그들은 서로에게 다가가지 못한 채 정염 속에서 스스로를 소진시킨다. 밤이 이어지고, 말과 말 사이로, 눈물과 시선 사이로 두 주인공의 이 "하얗고 절망적인 결합"(본문 33~34쪽)을 전

람하듯, 이야기에서 따로 떨어진 텍스트를 통해 무대의 형상이 드러나고 책을 낭독하는 배우들이 두 주인공 주위를 배회한다. 죽음에의 현혹을 느끼는 두 사람 사이에서 욕망은 점차광기로 치닫고, 결국 여자와는 절대 가능하지 않을 것만 같던 남자가 여자에게 키스를 한다. 그에게 모종의 쾌락이 되어준, 이 단 한 번의 키스가 마지막 밤까지 이 사랑을 떠안는 기억으로 남는다. 배우가 마지막 밤을 고한다. 무대로 흘러드는 바다의 웅성임이 말소리를 가로질러 들려온다. 여기까지가 1986년 10월, 미뉘출판사에서 출간된 마르그리트 뒤라스의 소설 『파란 눈 검은 머리*Les Yeux bleus cheveux noirs*』의 줄거리다.

뒤라스가 말년의 동반자 얀 앙드레아Yann Andréa를 만나면서 구체화된 '대서양 연작cycle atlantique' 중 하나인 이 소설은, 연작의 중심에 있는 단편 『죽음의 병*La Maladie de la mort*』(1982)을 희곡으로 각색하려던 시도와 그 실패의 과정에서 탄생했다. 과정은 순탄치 않았지만, 뒤라스는 이 작품을 통해 마치 자신의 문학세계를 관통하는 가장 순수한 텍스트 하나를 정련해내듯 극도로 간결한 요소만을 남기고 정제된 형태의 서사를 제시함과 동시에, 소설·연극·영화 등 그간 자신이 편력해온 여러 장르를 혼합하여 응축시키고 있다. 책은 평단과 대중의 이목을 집중시킨다. 다소 생소한 형식과 동성애라

는 화두에 더해, 공교롭게도 작가가 『연인L'Amant』(1984, 공
쿠르상 수상)과 『고통La Douleur』(1985)으로 커다란 성공을 거
둔 직후 출간된 까닭이다. 그러나 뒤라스는 출간 이후 질 코
스타즈와 나눈 대담에서 『파란 눈 검은 머리』에 의해 『연인』
도, 심지어 작품의 모체가 되었던 『죽음의 병』도 돌이킬 수 없
이 파괴되었다는 말을 남긴다.[2] 첫번째 파괴가 유년시절 인도
차이나에서의 자전적 이야기를 변주한, 이른바 '방파제 연작
cycle du Barrage'—『태평양을 막는 방파제』(1950), 『에덴 시네
마』(1977), 『연인』(1984), 『북중국에서 온 연인』(1991)—과
의 거리두기를 의미한다면, 두번째 파괴는 앞서 언급했듯 『죽
음의 병』의 희곡 각색을 중단하면서 새롭게 탄생한 텍스트와
그 글쓰기의 성격을 가리킨다고 할 수 있다. 우리가 이 글에서
추적하고자 하는 것은 다른 무엇보다도 저 두번째 파괴의 의
미다. 그것이 부재와 죽음에 바탕을 둔 이 사랑 이야기가 지니
는 위대함, 즉 그 보편적 넓이를 가늠하게 해주는 까닭이다.

우선 작품 탄생의 토대이자 동시에 파괴의 대상이 된 『죽음
의 병』을 살펴보자. 『죽음의 병』은 『파란 눈 검은 머리』(이하

---

2) Œuvres complètes IV, pp. 292~293. 이 대담은 출간 직후인 1986년 11월,
『르 마탱』에 실렸다.

『파란 눈』으로 약기)와 두 남녀 사이의 거래라는 기본적인 설정을 공유하지만, 이 거래의 동기가 다르다. 여기서는 (주로 이인칭 '당신vous'으로 지칭되는) 남자가 사랑을 시도하려는 목적으로 돈을 지불하고 여자와 밤을 보낸다. 그러나 남자를 좋아하는 남자인 그는 반복된 시도에도 불구하고, 사랑이라는 사건에서 영원히 탈구된 자신을 느낀다. 이 점에서 그에게 사랑은 죽음이라는 가장 아득한 고립에 다다르는 병이나 다름없다. 다만 뒤라스는 이야기의 말미에 이 '죽음의 병'에 걸린 남자를 어루만지듯 그가 하려던 사랑의 시도를 다음과 같이 정의한다. "그러나 이렇게 해서 당신은, 사랑이 미처 생겨나기도 전에 잃어버림으로써, 당신을 위해 이루어질 수 있는 유일한 방식으로 이 사랑을 살아낼 수 있었다."[3] 이렇듯 『죽음의 병』은, 한 연구자가 『무한한 대화Entretien infini』(1969) 속 블랑쇼의 말로 이해하듯, "완전히 분리되지도 구분되지도 않으면서, 서로에게 접근 불가능한, 그리고 그 접근 불가능함 속, 무한한 관계 아래 놓인" 두 인물이 살아가는 "공동空洞의 공간espace creux"을 그려낸다.[4]

---

3) Marguerite Duras, *La Maladie de la mort*, Minuit, 1982, p. 57.

4) *Œuvres complètes* Ⅲ, pp. 1810~1819. 이 전집에 실린 쥘리앙 피아 Julien Piat의 작품 해제 참조.

『죽음의 병』에서의 문제가 저 공동의 공간에서 불가피한 상실의 운명으로 경험되는 사랑의 시도였다면, 『파란 눈』에서는 이미 상실된 관계의 반복 혹은 복원으로 가능해지는 사랑이 문제가 된다. 따라서 이야기의 주인공인 두 사람에게는 이별에서 비롯한 고통을 함께 살아내는 것이 곧 사랑의 보존이자 사랑의 창조를 의미한다. 이를 바탕으로 성립된 두 사람 사이의 거래는 욕망의 충족이 아니라 결여를 결여로 느끼게 하고, 그럼으로써 상대방을 통해 부재하는 남자를 기억하고 사랑하게 하는 기이한 인연의 장치가 된다. 사실 『파란 눈』의 사랑 이야기 전체는 이 결여의 미학을 구축하는 데 초점이 맞춰져 있다고 해도 과언이 아니다. 그에게는 "아무도 없는 것과 마찬가지"인 여자, 즉 "그에 대한 사랑이 없는, 육체 외에는 아무것도 아닌"(본문 27쪽) 여자가 필요하고, 그녀 역시 헤어진 남자에 대한 욕망이 그녀를 가득 채워 욕망하려는 허기에서 벗어나지 못한 채 불모의 몸으로 매일 밤 그의 방을 찾아온다. 두 사람은 그렇게 서로의 빈자리를 위해 필요한 빈자리가 되어준다. 그러나 점차 그들은 서로가 서로를 바깥으로 밀어내는 근본적인 성적 차이에도 불구하고, 부재하는 남자의 빈자리를 매개로 바로 그 바깥에 대한 욕망을 느낀다. 오직 저쪽일 수밖에 없었던 경계 밖의 것이 이쪽에서의 욕망을 되살려내면서 두 사람 사이의 경계는 점차 허물어진다. 그는 파란 눈 검은 머리의 애인을 기억하고 그 이미지에 처해 울기 위해, 그의 욕망을 죽음에 이르지 않게 하기 위해, 그녀의 존재가 절실함을 느낀다. 그녀는 그런 그의 사연을 들으면서 그를 향한 욕망에 사로잡히고, 그를 통해 파란 눈 검은 머리의 젊은 외국인과의 사랑을 되살려내고자 한다. 두 사람이 겪어내는 이 그악스러운 욕망은 점차 두 사람 모두에게 이쪽 내부의 일이 되고, 그렇게 두 사람이 겪어내는 이별의 고통은 사랑 안에서 결여의 자리를 명확하게 지시하는 모종의 환영제의幻影祭儀가 된다. 우리는 이 제의가 무엇인지 잘 알고 있다. 뒤라스는 얀 앙드레아를 만나기 전부터 『롤 V. 슈타인의 황홀Le Ravissement de Lol V. Stein』(1964) 같은 소설을 통해 모든 것을 집어삼키는 '부재-단어mot-absence' '구멍-단어mot-trou'라는 말로 이 제의를 준비해두었다. 롤이 지켜보는 가운데 롤의 약혼자와 다른 여자가 함께 사라지고, 이후 이 이별의 고통을 복원하듯 저 삼각관계의 역할을 자신과 옛 친구와 친구의 연인, 이렇게 세 사람 사이로 옮겨와 서로의 정염을 추동하는, 복잡하고도 기이한 제의, '강탈ravissement'로 인해 겪는 부재의 인식과 '황홀ravissement'에의 성스러운 기다림, 롤의 광기이자 그녀가 앓는 죽음의 병, 즉 사랑이다.

사실 뒤라스는 작품 대부분에서, 두 존재가 사랑 안에서 만나기 위해 멀리 아득하게 존재하거나 환영 속에서만 존재하는 제삼의 존재를—혹은 그 필요성 자체를—연출해낸다. 그런데 부재 이후 자리잡는 환영제의이자 셋의 사건으로서의 사랑이 『파란 눈』에서 변주되어 나타나는 양상은 전작들과는 미묘한 차이를 보인다. 특히 『파란 눈』은 그와 그녀를 포개놓는 관능적 모방 행위와 세 존재의 기괴한 상동성相同性을 통해, 이 사랑을 더 거칠고 생경한 현존으로 열어놓고 있다. '그'와 '그녀' 사이 인칭 구분은 점차 희미해지고, '그녀'와 '젊은 외국인'도 더이상 구분되지 않는다. 셋이면서 동시에 하나로 겹쳐져 있다고도 볼 수 있는 이 존재를 어떤 공동체적 의미에서 '우리'라고 부르기는 어렵다. 개체로서의 정체성이 희미해진 이 존재는 삼각구도 속에서 정염을 추동하는 기능으로만 남아, 벌써 그 사랑의 형식이 되어 있을 뿐이다. 따라서 섹슈얼리티의 차이 너머로 세 존재를 모두 '파란 눈 검은 머리'와 어느 '동양권의 이름'이라는 오브제로 혼입시켜버리는 착종 속에서, 두 사람은 상대방을 통해 부재하는 사람을 다시 떠올리고, 이미 잃어버린 사랑을 다시 사랑한다. 서로가 서로에게 욕망의 대상이 되어도 정작 둘의 사랑은 성립되지 않으며, 두 사람은 그저 저 자신이 망실된 상태에서 태곳적의 비극처럼 차폐된 욕망만을 떠맡는다. "시간의 한쪽 끝에서 다른 끝으로 내던져"

진 메아리가, "이제껏 단 한 번도 들린 적 없었던 인간 만사의 가지가지 울림, 웃음과, 외침과, 호소의 울림"(본문 135쪽)이 두 사람 사이의 견고한 단절을 파고들지만, 두 사람은 각기 고립된 섬이나 다름없이 서로에게서 유리되어 있다.

욕망은 실현되지 않는다. 부재하는 한 남자를 향한 환상, 파란 눈 검은 머리의 젊은 외국인을 향한 공통된 욕망에도 불구하고, 욕망은 한 인물에게서 다른 인물로 순환되지도 못한다. 그래서 이들에겐, 특히 남자에게서 욕망을 태어나게 하기 위해, 환상이라기보다는 미리 쓰여 있는 환상, 그러니까 환상의 시나리오에 가까운 또다른 삼각관계가 필요해진다. 그래서 여자는 다른 남자, "시내의 남자"와 호텔에서 만나 섹스를 하고, 그 이야기를 그에게 들려준다. 그녀는 "그에게 품었던 그 욕망을 가지고 그 다른 남자에게서 아주 강렬한 쾌락을 맛봤다"(본문 87쪽)고 말한다. 이 이야기로 그녀의 쾌락을 들은 그는 그녀가 보는 앞에서 수음을 한다. 그는 이 환상의 시나리오 속에서 그녀와 공유하게 된 '한 남자'를 부르며, 그의 시선을 떠올리는 것만으로도 절정에 도달하려는 순간을 만끽하고, 그녀 역시 그와 함께 다른 남자를 부른다. 그리고 이 환영제의 사이로, 해변 저쪽, 돌무더기가 있는 곳을 왕래하며 만남을 가지는 사람들의 이야기에 열여덟 살 소녀 뒤라스의 기억이 겹쳐진다. 여전히 여자의 정염은 계속되는 남자의 혐오를 경험하고, 오래도록 그에게 이질의 것이었던 여성의 육체는 쉽게 극복되지 못한다.

이야기가 여기서 멈추고, 두 사람이 방치되었다면 『파란 눈』은 사실상 『죽음의 병』의 반복에 지나지 않았을 것이다. 그런데 『파란 눈』에서 뒤라스는 사랑을, "그 사랑을 살아내는 이들에 의해서조차 명명되지 않는 사랑"[5]이라는 묵직한 이상을, 키스라는 날카로운 균열로 상상해낸다. 이 상상의 밑바탕에는 상상의 깊이만큼 욕망의 영토에 더 가까이 다가가고자 하는 뒤라스의 악착스러운 의지가 있다. 그곳에서는 비가시적인 것과 가시적인 것의 자리바꿈이 일어나고, 아직 알지 못하는 것이 내 안에서 갑자기 닫히지 않는 내부처럼 쏟아진다. "죽음을, 그 생각에서 비롯된 공포를 아랑곳하지 않고"(본문 154쪽) 했던 그의 키스는, 지금까지 그가 보면서도 보지 못했던 그녀를 어떤 최초의 기억으로 열어 보이고, "생명줄"(본문 166쪽)과도 같았던 지난 사랑의 기억을 가장 충만하게 펼쳐놓는다. 그리고 그 두 기억이 겹쳐지는 순간 우리는 『파란 눈』이 끌어안은 이야기가 말하고자 하는 바를 이해한다. "어

---

5) *Œuvres complètes* IV, p. 291.

쩌면 사랑은 이토록 지독한 방식으로도 살아질 수 있는 걸까요."(본문 63~64쪽)

사실 저 말은 뒤라스가 스스로에게 건네는 것이기도 하다. 그녀의 삶에 "뭔가 거대한" 사건으로 벌어진 한 남자, 그녀가 "죽음에 이르기까지 사랑할" 한 남자에게 이 책을 바치면서, 뒤라스는 그와 함께 보낸 어려웠던 시간을, 그 "근본적이고도 생리적인 불가능성 속에서 살아질 수 있는 사랑"[6]을 상기한다. 사실『노르망디 해변의 매춘부*La Pute de la côte normande*』(1986) 에서 밝히고 있듯이, 1980년 여름부터 뒤라스의 삶으로 들어온 연인, 동성애자였던 얀 앙드레아와의 관계에서 느낀 고통과 광기 어린 사랑의 정황은 이미『죽음의 병』에서도 충분히 드러난다. 그러나 뒤라스는 두 텍스트를 가르는 근본적인 차이를 강조한다. "일반화를 염두에 둔다면,『죽음의 병』이『파란 눈 검은 머리』의 처음 상태라고 말할 수 있다. 하지만『죽음의 병』은 일종의 고발이었고, 여기엔 어떤 의미에서도, 그와 같은 것은 전혀 없다."[7] 결국『죽음의 병』과 달리 뒤라스가

---

6) Marguerite Duras, *La passion suspendue*, Seuil, 2013, p. 142. 레오폴 디나 팔로타 델라 토레Leopoldina Pallotta della Torre와의 대담에서 인용.

7) *Œuvres complètes IV*, p. 325. Marguerite Duras, "Les Hommes" in *La Vie matérielle*, Gallimard, 1987 참조.

여기서 들려주려는 것이 "서로 사랑할 줄 모르고 사랑을 사는 사람들"[8]의 이야기라면, 두 사람에 의해 체험된 이 사랑은, 뒤라스가 말하듯, "모든 논리를 거슬러" "어떻게인지 왜인지도 모르"고 일어난 "비극"[9] 속에서 벌어진 사건일 것이다. 그리고 이 비극은 흥미롭게도 이 책의 출발점이 된 『죽음의 병』을 다시 가리킨다. 『죽음의 병』에서 남자가 여자에게 "사랑하는 감정"이 어떻게 돌발적으로 생겨날 수 있는지 물었을 때, 그것은 "우주의 논리 속 갑작스레 생겨난 어떤 균열"에서, "의지"가 아닌 "오류"에서 생겨난다는 여자의 대답[10]은, 뒤라스가 이미 이 사랑의 제의에 키스라는 날카로운 균열이 필요하다는 것을 직감하고 있었음을 의미한다.

『파란 눈』이라는 텍스트의 탄생, 즉 앞서 언급한 두번째 파괴로 생겨나는 것은 이 균열이며, 뒤라스는 우리가 이 균열을, 즉 그 사랑을 더 섬세하게 감각하도록 『죽음의 병』의 형식적 구도를 깨뜨린다고 할 수 있다. 불가능한 정염을, 도래하지 않지만 늘 임박한 현현의 상태로 유예시킴으로써 가능해지는 사랑 이야기가 이렇게 탄생한다. 그리고 이 탄생과 더불어 원작부터

---

8) 같은 책, p. 354; "Le Livre", in *La Vie matérielle*.

9) 같은 책, p. 293. 질 코스타즈와의 대담 참조.

10) *La Maladie de la mort*, p. 52.

끈질기게 따라붙었던 동성애라는 화두는, 뒤라스와 얀 앙드레 아의 개인사를 넘어 죽음이라는 고립의 소질로 뒤라스 특유의 결여의 미학을 확장한다. 결국『죽음의 병』의 희곡 각색을 중단하고, 이제 그 작품이 더이상 유일한 것이 아니게 되면서 가능해졌다는『파란 눈』으로의 소설적 이행은, 이 이야기가 단순한 개인적 드라마의 굴절과 동성애로 인한 관계의 문턱을 넘어서서, 근본적이고도 생리적인 불가능성 속에서 살아지는 사랑, 그 "하얗고 절망적인 결합"을 추상하고 있음을 의미한다.

추상화의 의지와 텍스트의 원형성

따라서『파란 눈』은 뒤라스의 글쓰기가 이루려 했거나 이루어낸 '추상화'라는 관점에서도 특기할 만한 작품이라고 할 수 있다. 앞서 언급했듯이,『파란 눈』은 뒤라스가 얀 앙드레아와 만나면서 새롭게 열어젖힌 이른바 '얀 앙드레아 연작' 혹은 '대서양 연작'에 포함되는 소설로,[11] 이 시기에 작가의 글쓰

---

11) 뒤라스의 연작 분류에 관해서는 다음을 참조하라: Joëlle Pagès-Pindon, *Marguerite Duras: l'écriture illimitée*, Ellipses, coll. hors collection, 2012.

기는 삶의 분자들이 하나의 신화처럼 체험됨으로써 추상화의
의지로 삼투하는 중요한 특징을 보인다. 이 추상화의 의지 속
에서 현실은 헐벗고 형식화된다. 특히 인물의 경우 위에서 살
펴봤듯이 그 개체성과 구체성을 잃고, 삼각구도 속 하나의 항
이라는 위치와 (주로 부재하는) 다른 항을 향한 그리움을 매
개하거나 또다른 항에서의 욕망을 추동한다는 기능만을 남
긴 채, 뒤라스적 사랑의 형식이 된다. 이때 이 사랑의 형식으
로서의 인물은 대상이 아닌 대상이 있어야 할 자리를 사랑한
다는 점에서 비극적 정염을 그 안에 내장하고 있다. 난폭하게
행사되는 욕망에는 완곡이 없고, 욕망하는 육체와 욕망의 대
상이 되고자 하는 육체가 만나지만 어떤 충족에 이르지 못하
는 사랑은, 삶을 형해화하여 이야기를 다분히 간소한 재현 요
소로 환원시키려는 글쓰기의 욕망과 거의 동시적으로 연결된
다. 사실 이러한 뒤라스의 글은 말년에 이르러 마치 화가의 연
작처럼 점차 글쓰기를 통한 '목소리칠enduisage de voix'에 가까
워지며 특유의 터치·색감·어조가 이어지듯 쓰인다. 뒤라스
후기 작품에서 우리가 장르 간 각색과 더불어 그녀의 삶이 교
차하는 다시쓰기의 형태를 주로 발견하게 되는 이유도, 그리
고 이런 관점에서 어떤 작품을 집어들어도 그저 그 규모와 질
감이 다른 캔버스에 그려진 검푸른 파도를 보거나, 그 파도소

리를 듣는 느낌을 받는 이유도 여기에 있다.

그런데 이러한 이어짐 속에서도『파란 눈』은 뒤라스 문학세계의 원형을 이루는 텍스트로 자리매김한다고 할 수 있다. 크게 두 가지 측면에서 그렇다고 할 수 있는데, 하나는 이 텍스트가 뒤라스적 사랑의 공식을 원형적으로 형상화하고 있다는 점이고, 다른 하나는 이 텍스트가 뒤라스에게 고유한 욕망의 형식으로서의 외침으로 그 사랑을 발화하고 있다는 점이다. 여기에는 이 소설 특유의 연극적 차원이 크게 작용하는바, 우선 작품의 추상성과 더불어 이 연극적 차원을 살펴보자.

사실『파란 눈』은 소설이라는 장르로 지칭되었으나 다소 낯선 형식의 작품이다. 첫 문장부터 발화 주체로서 이야기를 들려주는 역할은 배우에게 인수되고, 희곡의 지문을 닮은, 뒤라스 스스로 '연극적 통로couloir scénique'라 언급한 단장斷章 열 개 남짓이 이야기의 틈과 틈 사이로 삽입되며, 결국 그 통로를 가로질러 들려오는 목소리가 이 작품의 끝을 고하는 등, 앞서 언급한 희곡 각색 중단과 소설적 이행의 과정에서 작품은 연극과 소설이 다층적으로 혼재하는 형식적 전환을 이루어냈기 때문이다. 여기서 우리는 이 소설을 쓰는 데 '가상의 스테이징'이라는 요소가 중요하게 작용했음을 알 수 있으며, 특히 뒤라스는 훗날『파란 눈』을 언급하며 "……오로지 목소리만으로 텍스트를 책 밖으로 끌어내는 것 외에는 아무것도 하지 않는", 그렇게 "공연되는 것이 아닌, 읽히는 연극théâtre lu"[12]을 구상하기도 한다. 이렇듯 텍스트는 '낭독극'이라는 형태의 연극적 차원으로 말미암아 소설이라는 명칭이 지닌 의미를 표류시키고, 이로부터 발생하는 독서의 긴장감은 자연스레 장르 혼융과 같은 논의로 이어질 법한 텍스트의 복잡한 지형을 그려낸다. 그러나 이는 장르 혼융의 문제라기보다 앞서 살펴본 희곡 각색과 소설적 이행의 과정, 즉 발생론적 차원에서 생겨난 텍스트의 자연스러운 외연 확장에 가깝다. 이 점에서 희곡뿐 아니라 꾸준히 영화작업에 열정적으로 임해왔던 뒤라스는, 작품 전반에 영화적 스펙터클, 즉 시청각적 이미지의 연속으로 이루어진 재현을 밀도 있게 직조해내기도 한다. 뒤라스가 말하듯, 연극과 영화와 글 사이의 차이는 없다. 읽기와 쓰기, 읽기와 보기 사이의 차이도 없다.[13] 중요한 것은 그러한 차이의 인식보다, 다시쓰기의 실천, 즉 반복의 복판에서 차이를 만들어내는 실천에 있을 것이다.

---

12) *Œuvres complètes IV*, p. 312 ; Marguerite Duras, "Le Théâtre" in *La Vie matérielle* 참조.

13) Marguerite Duras, *Cabiers Renaud-Barrault*, n° 95, Gallimard, 1977, p. 32 참조.

하지만 그 실천이 단순히 전작의 희곡 각색 과정에서 생겨난 잔재를 흡수하는 수준에 그친다면, 그저 빈곤한 차이의 재생산으로 전락하고 만다는 것을 뒤라스는 알고 있었다. 그런 의미에서 『파란 눈』을 쓰던 "86년의 그 지독했던 여름" 속에서 뒤라스가 견뎌낸 "쓰일 수 없다는 불가능성"에 처해 있는 사랑, 어쩌면 "글쓰기로는 아직 도달될 수 없는"[14] 사랑에 대한 경험은, 반대로 그러한 삶의 압력 속에서 글쓰기의 한계에 부딪친 작가로서의 경험과 다르지 않았을 것이다. 따라서 숱한 시도 끝에 탄생한 『파란 눈』에는, 뒤라스가 글쓰기와, 곧 문학과 사랑을 교통하는 방식이 응축되어 있다고 할 수 있다. 앞서 살펴봤듯이 여기에는 한편으로 삼각구도의 사랑이라는, 뒤라스의 문학세계를 관통하는 주제적 연속성이 표현되어 있으며, 또 한편으로는 얀 앙드레아와의 관계를 가늠해볼 수 있는 자전적 요소들, 그리고 거기서 파생된 감정의 얼룩과 유년 시절의 기억, 전쟁 등을 표상하는 요소들 또한 담겨 있다. 그러나 이들은 대부분 정물적 요소 정도로 축소되고, 등장인물이나 작품 속 배경의 구체성은 극도로 제한된다. 이러한 제한

---

14) *Œuvres complètes Ⅳ*, p. 353; Marguerite Duras, "Le Livre" in *La Vie matérielle* 참조.

은 텍스트 자체에 의해서도 언명되며("누구도 알지 못한다고 해볼 것이다. 어느 배우 한 명이 말할 것이다. 이야기의 주인공들에 대해서라면, 그들이 누구인지 또 왜 그들인지."_본문 69쪽), 이에 응하듯 이야기 속 주인공들 역시 자기 자신에 대한 모든 동일시를 거부한다. 이러한 자기동일시의 거부는 『파란 눈』의 등장인물이 일반적인 소설의 등장인물과는 달리 배우라는 점에서, 개별성의 부재와 불가능한 정염의 반복이라는 뒤라스적 사랑의 공식과 맞물려 있다. 김시몽의 언급처럼, '아무나n'importe qui'일 수 있는 이들 남자와 여자는, 바로 그렇기 때문에 모든 인간일 수 있다는 점에서, 뒤라스가 그리는 욕망과 사랑의 보편성에 개방되어 있으며, 이는 그들이 또한 극장의 배우들처럼 완벽하게 상호교체될 수 있음을 의미한다. 배우는 언제든지 바뀔 수 있고, 역할은 그대로 남는 것이다.[15] 두 사람이 환상의 시나리오를 통해 '파란 눈 검은 머리의 젊은 외국인'의 자리에 또다른 '시내의 남자'를 위치시켜 공유함으로써 욕망을 되살려낸 것과 마찬가지로 말이다. 이런 의미에서 『파란 눈』의 연극적 차원은 곧 뒤라스적 사랑의 원형적 형

---

15) Simon Kim, 「Lecture des *Yeux bleus cheveux noirs* comme roman archétype de l'univers durassien」, 『프랑스어문교육』, 제68집, 2020, 229~230쪽 참조.

상화라고 할 수 있다.

이러한 연극적 차원은 또한 『파란 눈』의 발화에 큰 영향을 미친다. 특히 순간순간 익명적인 중얼거림으로 추락하거나, 어느새 자기 바깥으로 엎질러지면서 불연속적인 말과 말들의 사이를 구부러뜨리고 절합하는 복수複數의 발화라는 점에서, 『파란 눈』의 말은 늘 그 연산이 쉽게 해결되지 않는 자리를 남긴다. 이 자리가 특별한 주목을 요하는 것은, 거기서 불가능한 사랑의 감정을 말의 질감에 겹쳐놓으려는 힘겨운 시도가 발견되기 때문이다. 우리가 두번째로 살피고자 하는 『파란 눈』의 원형적 가치는 이러한 시도에 있다. 사실 연극적 통로에 의한 것이든 카메라의 영상문법을 흡수한 시선에 의한 것이든, 소설에서 결이 다른 여러 층위의 발화가 교차하는 형식이 우리에게 낯선 것은 아니지만, 말이 그 원인을 초과한다는 점에서 『파란 눈』은 사정이 다소 달라진다. 즉 배우의 존재와 더불어 뒤라스는 자신의 목소리를 최대한 절약하지만, 그만큼 『파란 눈』의 말은 소진되지 않으려는, 욕망의 한 형식으로서의 외침이 된다. 특유의 추상성 속에서, 『파란 눈』은 가장 순수한 형태로 남은 욕망과 그 욕망의 목소리들로 실현되는 낭독극을 꿈꾸고, 그와 동시에 일종의 글쓰기의 몸짓으로 남은 '이야기하기-말하기'와 관련된 신화에 가까워진다. 일종의 구도와 같은 이 신화적 여정 속에서 『파란 눈』의 말들은, 작품의 제목이자 그 제목으로 그려지는 한 젊은 외국인과 마찬가지로, 가장 높은 목소리로 말해졌어야 할 것을 고통 속에서 잊어버리고, 가장 작게 산재하는 어떤 파편들 속에서만 달아나는 대상을 붙잡으려는 형식을 취한다. 그렇게 "고통의 육중함"과 스스로의 "빈궁함" 사이에서 비틀거리며 제자리를 찾아가는 말들이 "마지막 침묵"(본문 171~172쪽)을 향해 나아간다면, 이때 "낱말들은 거기 없다, 낱말을 놓아둘 문장도"(본문 73쪽)와 같은 의식은 페이지 위로 저 말들에 패배한 우연이 줄지어 늘어선다는 말과 다르지 않으며, 어딘지 실패한 농담처럼 들리는, 자신이 작가라거나 책을 쓰겠다거나 하는 여자의 말들은 그들의 사랑 이야기가 저 우연의 고아일 따름이라는 말과 같다.

말은 늘 너무 부족하지만 아직 말을 향한 마음을 버리지 못한 사람들에겐 그러나 목청이 있다. 이야기의 시작과 함께 이야기 전체를 신비로운 호소의 울림으로 감싸는 기이한 외침과 "말 되어지는 것이라기보다 눈물로 흐르는"(본문 157쪽) 괴로움의 울음이 있다. 이 외침과 울음이 줄곧 페이지로 침범하면서, 문장은 끝맺기도 전에 잘려나가거나, 목소리 안에 간직된 흔적처럼 그 일그러진 질감을 재현하기도 한다. 목소리는 그렇게 알 수 없는 누군가를, "절대로 말하지 못하는 누군가의 이름을. 어떤 소리, 어둑하고 부서지기 쉬운, 일종의 신음소리와도 같은 하나의 이름을"(본문 59쪽) 부른다. 뒤라스에겐 이러한 부름이 곧 인간의 조건이기도 하다. 그것이 인간의 원천적이고 유기적인 불행이 낳은, 신에 대한 혹은 무한함에 대한 인식에서 비롯하는 까닭이다. 따라서 이 부름은 내부에서부터의 부름이자 죽음 속 부름이며, 글쓰기 그 자체인 부름이다. 그렇게 우리는 『파란 눈』 안에서 우리의 삶이 관여하는 불가해함과 불가사의함, 그 알 수 없음에 기초한 인간과 마주한다고, 그리고 끊임없이 계속해서 그런 무한함을 향해 나아가는 텍스트, 무한함을 향한 부름이 되는 글쓰기와 가장 직접적으로 마주한다고 할 수 있다. 이즈음, 유한하고 탐험할 수 있는 세계 안에서는 글을 쓸 수 없다던 뒤라스에게는 이제 '쓴다'는 동사가 곧 '살아간다'는 말과 등가를 이룬다.[16] 그런 뒤라스에게 글쓰기라는 수행적 제스처가 욕망과 쾌락의 관계를 문제삼는 것은 당연한 일일 것이다.

   욕망과 쾌락의 관계, 즉 욕망의 충족감, 그러니까 욕망의

---

16) 마르그리트 뒤라스 · 도미니크 노게즈, 『말의 색채』, 유지나 옮김, 미메시스, 2006, 208~210쪽 참조.

상실과의 관계, 그것은 '쓰고 싶다'와, 아니면 그러고 싶지 않다라는, '쓰다' 사이에 만들어지는 관계, 그것을 하는 상태와 그것을 하지 않는 상태 사이에 만들어지는 관계예요. 내가 글을 쓰는 상태일 때면, 나는 실질적으로 내가 글을 쓰고 있을 때보다 쓰인 글에 훨씬 더 자주 잠식당해요. 나는 모든 것을 잃어버려요. 나를 잠식했던 것의 어떤 흔적, 시작하는 시점의 어떤 기분, 책상에 앉아 기다릴 때의 그런 기분을 빼면 아마도. 쾌락과 욕망 사이에는 차이가 있는데, 그것은 총체로 있고 읽을 수 없으며 맞서기가 불가능한 최초의 합으로서의 글과, 그것이 결국 이르게 마련인 문명화된 텍스트 속에서 명확해지는 것 사이에 존재하는 차이와 동일한 거예요. 야만은, 살해는, 욕망에 속하죠.

쾌락은, 잘 알려져 있다시피, 일종의 욕망의 안녕이에요.[17]

"총체로 있고 읽을 수 없으며 맞서기가 불가능한 최초의 합으로서의 글"은 "실질적으로 내가 글을 쓰고 있을 때", 마치 쓰기 위해 지불해야 하는 대가처럼 망각으로 침잠하는, 침묵

---

17) *Œuvres complètes IV*, p. 294. 질 코스타즈와의 대담 참조.

하는 언어와 다르지 않을 것이다. 그래서 야만과 살해로, '쓰고 싶다'라는 욕망의 동사로 글쓰기라는 행위를 정의하는 뒤라스에게, 저 부름은 박탈당했다는 흔적만 남은 채 자신을 잠식했던 말의 전사全史를 복구하려는 일종의 주문呪文과도 같다. 이렇듯 사랑을 말할 수 있는 것으로 환원시키려는 모든 사랑 이야기에 대한 단호한 거부[18] 속에서, "그녀는 그에게서, 여기 이 남자에게서 멀리 떨어져 운다, 그의 행동과는 무관하게, 모든 이야기보다도 앞선 이편에서, 그녀는 존재하지 않았던 이야기를 울음으로 간직한다."(본문 95쪽)

그러나 부름으로 말미암은 『파란 눈』의 서정성은 희곡이라는 족쇄를 벗은, 정확하게는 연극이 재현할 수 있는 범위를 넘어선, 책 자체의 연극적 건축을 통해 꾸준히 신화와 거리를 둔다. 이 거리감과 더불어 감정을 소각시킨 낭독 속에서, 이야기는 관찰의 대상이 되고, 무대라는 가상공간을 포섭해 연극적 재현을 무용지물로 만들어버리는 연극성을 글쓰기 안에 담지한다. 일정한 거리를 유지한 채 "그가 말한다" "그녀가 말한다"를 중심으로 다성적 목소리를 관조하게 만드는 이러한 연극성은, 앞서 『죽음의 병』에서 '당신'이라는 이인칭이 담고 있

---

18) 같은 책, 327~328쪽; "Les Hommes", 참조.

던 호소의 목소리를 한층 가라앉히고 다양하게 변주되는 직접화법 및 간접화법에 그 자리를 내어줌과 동시에, 마치 퉁명스럽게 잘려나간 이정표처럼 말들의 위치 측정을 어렵게 한다. 그러나 그것이 어려워지는 만큼, 글쓰기로 도달될 수 없는 사랑과 글쓰기를 통한 형해화의 욕망 사이에 던져졌던 질문은, 추상화의 의지가 연극적 통로를 하나씩 거쳐오는 이 여정에서 점차 가시화된다. 이로써 욕망의 목소리로 육화된 말들과 그 모든 말의 경계에서 벌어지는 움직임이 뒤라스가 사랑을 발화하는 방식, 그리고 문장과 단어로 서정의 단위를 만들어내는 방식과 만난다. 말에 감정의 홈이 파인다.

고립과 범람의 미학

그 홈을 더듬다보면 뒤라스가 줄곧 말해온, "고통의 욕구와 닮아 있을" 사랑이 무한한 무늬로 울려올 때의 질감이 느껴지기도 한다. 뒤라스는 그것이 "이미지 없는, 얼굴 없는, 목소리 없는 부재를 떠올리기 위해 고통을 겪어야만 한다는, 막연히 알 수 없는 이유와 닮아 있을" 사랑이라고, 하지만 또한 "마치 음악의 효과처럼 온몸을, 얼마만큼인지도 모를 형식적 중압으로부터의 해방을 동반하는 감동으로 실어가는"[19] 사랑이라고 말한다. 부재를 받아들임으로써만 닿을 수 있는 이 사랑에는, 욕망하는 대상이 있어야 할 자리에 욕망하는 대상이 없다. 욕망의 내용으로 채워졌어야 할 자리에도 욕망의 형식으로만 남은 빈자리가 한결같이 회복되고 복구된다. 뒤라스는 그렇게 사랑하는 이의 이름이 자신의 존재에서 뚫려버리고 그텅 빈 구멍 앞에서 머뭇거리며 구멍을 더듬듯이 실현될 수 없는 사랑을 발화한다. 사랑하는 대상의 존재가 이미 지워진 자리로만 가능해지는, 이 기이한 불가능을 호명하는 사랑은, 그래서 죽음이라는 얇은 막으로 둘러싸인 채 늘 어떤 부정성을 품은 문장으로, "부재와 공허의 수사학"[20]으로 그려져 위태롭다. 정의되지 않는 무언가를 향해 지워지지 않는 마음으로, 이상한 슬픔으로 가득해 아름답다.

어느 페이지를 펼쳐도 문장 하나하나가 모두 검은 실크천으로 얼굴을 덮은 저 아름답고 무력한 슬픔의 흔적을 간직하고 있지만, 그런 문장 하나하나, 낱말 하나하나가 그 슬픔의

---

19) 같은 책, 354쪽; "Le livre" 참조.

20) Simon Kim, 「La rhétorique de l'absence et du vide dans le *Ravissement de Lol V. Stein* de Marguerite Duras」, 『프랑스문화예술연구』, 제45집, 2013, 1~24쪽 참조.

형식이 되는 것은, 그것이 투명한 고통을 담은 오브제로서 다뤄질 때, 즉 그 물질성이 익숙했던 의미 단위나 통사 단위만으로는 쉽게 봉합되지 않을 때다. 여기서 뒤라스의 언어는 크게 두 가지 측면에서 서정의 단위이자 감정의 단위가 되어 스스로 고립되고 또 그만큼 스스로를 범람한다. 우선 쉽게 눈에 띄는 것은 계속해서 반복되는 단어들이다. 여기에는 '검은 실크 천'이나 '파란 눈 검은 머리' '(하얀) 배'같이 오브제로서의 물질성을 이미 강하게 지닌 채 동원되는 단어들도 있지만, '울다' '자다' '바라보다'같이 주문처럼, 호흡처럼 반복되면서 텍스트를 관통하는, 비어 있는 말에 가까운 단어들도 있다. 『파란 눈』에서는 이야기의 현실(지시)성이 전면화되지 않는 만큼, 이들 말이 지닌 재현으로서의 기능은 이미 허물어져 있다고 봐도 무방하다. 그것은 차라리 말의 물질적 양감에 자신을 양보하고 사라진다고 해야 할 텐데, 그렇다고 그로부터 감정적 인과나 심리적 단서를 제공하려는 구성적 제스처가 발생하는 것도 아니어서, 말은 더이상 어떤 견고한 의미나 내면세계로 환원되지 않는다. 사실 이러한 반복은 말의 의미를 고립시켜 비생산적으로 소모시키는 감정적 과잉이지만, 이 과잉 속에서 말은 자신이 관계해온 익숙한 맥락을 조금씩 부식시킨다. 그 맥락이 완전히 벗겨지는 것은 아니지만 어느 순간 말은 무너지고 재구축되며, 자신이 비워낸 그 자리를 빌려 의미의 조건을 반성하고 의미의 또다른 가능성을 향해 스스로를 범람한다. 굳은 목구멍에서는 야트막한 모음이, "동양권의 흐느끼듯 울려오는 모음"(본문 94쪽)이 흘러나온다. 쓰여야 할 질료로서의 사랑이 쓰인 것으로 나타날 때의 형상이 이와 같은 것은, 불가능의 사랑이 불가능을 향한 말의 의지에 자신을 의탁하는 까닭일 것이다. 이제 사랑이라는 이름은 사라져도 된다. 말의 비가시적인 여백이, 모종의 '바깥'[21]을 향한 언어적 충동이 이름을 상실하고 침묵으로 나아가는 사랑을 끊임없이 발생시키기 때문이다. 어느 순간 말의 주체까지도 범람해버리는 서정성이 거기, "그가 운다" "그녀가 운다" 같은 단조로운 문장의 반복에 있다. 의미를 통솔해가는 독서보다는 말의 결을 하나씩 더듬어가는 독서가 『파란 눈』에 더 어울리는 이유다.

그러나 짐작할 수 있다시피 저 말의 결이 늘 매끄럽고 깨끗한 것은 아니다. 사실 따지고 보면 『파란 눈』은, 사전적 정의로서의 '입체낭독'이 독특한 연출과 더불어 상연되는 무대 현장을 재현한 소설로, 서사가 그 서사를 생산하는 구체적 기제

21) *Œuvres complètes* IV, p. 296. 질 코스타즈와의 대담 참조.

를 서사 안으로 끌어들이는 서사라는 점에서 흔히 말하는 미
장아빔mise en abyme류의 소설이라고도 할 수 있다. 따라서 위
와 같은 관점에서 이 소설을 읽는다는 것은, 앞서 글쓰기의 추
상성이라는 측면에서 논의했듯, '낭독극'이라는 가상의 스테
이징과 더불어 중첩되는 목소리를 듣거나 그 목소리의 피안
을 상정한다는 것을 함께 의미한다. 당연한 말이지만, 이때 이
야기 속 두 주인공은 물론이거니와 맨 앞에서 그 이야기를 들
려주는 배우는 저자와도, 서술자와도, 등장인물과도 꼭 합치
되는 목소리를 낸다고 말하기 어렵다(물론 이들이 무대 위의
배우라는 점에서, 이 진술이 언제든지 '모사/모방' 혹은 '흡
수/포섭' 같은 단서 조항을 달고 바뀔 수 있다는 점을 제외하
면 말이다). 그럴 때마다 우리의 독서는 자연스레 '누가 말을
하는가'에 대한 생각으로 이어지지만, 저들 발화자의 정체성
은 뒤라스 특유의 말을 절개하는 방식으로 말미암아 느슨하
게, 모호하게 흐트러진다. 딱히 예외적이랄 것 없이 소설 전반
에 등장하는 다음과 같은 대목을 원문과 함께 살펴보자.

   Elle dit que l'homme criait, qu'il était perdu, que
ses mains étaient devenues très brutales à toucher le
corps. Que la jouissance avait été à en perdre la vie.

그녀가 말한다, 남자가 소리를 질렀다고, 그가 정신을 놔
버렸다고, 몸을 만지는 그의 손이 너무 난폭해졌다고. 흥분
으로 숨이 끊어지고 아득해질 정도였다고.(본문 114쪽)

프랑스어를 기준으로 보자면, "Elle dit(그녀가 말한다)"
로 시작된 문장은 세 개의 인용절 "que l'homme criait(남자
가 소리를 질렀다고)" "qu'il était perdu(그가 정신을 놔버
렸다고)" "que ses mains étaient devenues très brutales
à toucher le corps(몸을 만지는 그의 손이 너무 난폭해졌다
고)"까지 나아간 뒤 마침표가 한번 찍히고, 그 뒤에서는 바
로 앞 문장의 전달동사 '말한다'에 결부된 저 세 인용절과 나
란히 간접화법의 표지 'Que(~라고)'를 이어받는, 새로운 문
장 "Que la jouissance avait été à en perdre la vie(흥분으
로 숨이 끊어지고 아득해질 정도였다고)"가 따라붙는다. 이
에 따라 뒤 문장이 앞 문장과 어느 정도 독립된 단위로 읽히
기 위한 최소한의 임계거리가 거의 사라지면서 두 문장이 하
나의 의미 단위로 읽히게 되는데, 그럼에도 불구하고 표기적
음성적 측면에서 뒤 문장은 앞 문장의 전달동사로부터 한 발
짝 떨어져 고립돼 있다. 이렇듯 종종 『파란 눈』의 문장들은 전
달동사의 높은 출현 빈도와 더불어 희미한 연결요소로 이어

지지만, 앞 문장의 구두점이 끝나는 지점과 바로 뒤 문장의 대문자(혹은 띄어쓰기 다음 글자)가 시작하는 지점 사이의 강제 휴지(침묵 혹은 사이)에 의해 단절된 접점의 실루엣을 그려내고, 이러한 고립은 마치 표류하는 목소리의 울림과 같은 인상을 남기며 뒤의 문장을 외로운 섬으로 만든다. 그러나 이 소설이 "여름 어느 저녁녘이, 배우가 말한다. 이야기의 중심이라고 해볼 것이다"(본문 9쪽)라는 문장으로 시작된다는 점에서, 또 그 이야기가 무대와 무대 위 이야기의 두 주인공을 바라보는 가상의 관객에게 도달할 수 있다는 점에서, 저 뒤에 있는 문장을 발화하는 음성은 이미 애매한 곳으로부터 울려와 이 소설의 다른 모든 음성이 겹치는 자리가 되어 있다고 할 수 있다. 여기서 오해하지 말아야 할 것은 저 '배우'가 이 소설의 엄밀한 의미에서의 서술자가 아니라는 점이다. 배우는 두 주인공의 이야기를 무대 위에서 들려주는, 혹은 그 이야기의 낭독이라는 퍼포먼스를 하는 소설 속 인물일 뿐, "배우가 말한다"라는 진술을 할 수 있는 소설 전체의 서술자는 따로 존재하기 때문이다. 따라서 편의상 이 소설의 발화 층위를 가장 바깥에서부터 1 서술자, 2 배우, 3 이야기의 주인공(이지만 따지고 보면 결국 2의 배우들과 역할만 다를 뿐인 그와 그녀), 이렇게 세 층위로 구분할 수 있다면, 사실 고립된 두번째 문장의 'Que(~라고)' 이면에는 이미 여러 번 덧칠된 목소리가 있다고, 이야기의 주인공과 배우와 서술자를 비롯한 많은 목소리가 겹겹이 숨어 있다고, 그래서 저 목소리의 주체가 누구인지 단정하기 어렵다고 말할 수 있을 것이다. 말의 고립을 통해 말을 범람시키는, 모호함 속으로 미끄러지는 목소리를 더 감추고 더 드러내는 이러한 발화행위 속에서, 목소리는 늘 단수의 주체를 넘어서는 순간에 있다. 그리고 이러한 고립과 범람의 제스처로서 목소리가 가시화될 때, 전달이라는 의도, 말이라는 목적을 희미하게 망각한 저 목소리는 단단한 서정의 단위가 되어 무대에 오른다.

이러한 논의는 우리가 앞서 확인한, 텍스트의 탄생과 특유의 연극적 차원에서 비롯한 한 가지 질문으로 이어진다. 질 코스타즈가 이미 적확하게 표현했듯이, 『파란 눈』의 이야기를 "가상의, 어쩌면 불가능한 연극적 각색"으로 옮겨놓은 작품 특유의 형식("연극적 통로")과 이를 통한 뒤라스의 "극작품에서는 하지 않을 글쓰기에 의한 연출"에 대한 질문이 그것이다. 뒤라스는 이 질문에 대한 대답의 처음과 끝에서 책을 하나의 극장으로, 그러나 연극무대가 담을 수 없는 삶의 준동과 삶의 공허까지도 오롯이 담을 수 있는 극장으로 여겼다는 말을 하면서, 연극에서와 같은 '대화dialogue'는 여기서 충분하지

않다는 말을 남긴다.[22] 그 말마따나 『파란 눈』에는 다양한 양
태의 서술과 화법이 동원되어 있는데, 중요한 것은 그 사이에
서 발생하는 돌발적 전환과 낙차의 폭으로 인해 언술 생산의
주체와 언술 주체의 동일시가 더이상 불가능해진다는 점이
다. 언술 주체와 말의 관계에서 정서가 고조될 때조차 그 목소
리에는 늘 애매하게 국지화된 자리가 빈틈으로 남아 있다. 따
라서 첫 문장을 비롯해 때때로 말이 배우에게 귀속되는 것은
우연이 아니다. 소설가든 극작가든, 조물주로서의 언술 생산
의 주체는 텍스트 바깥에서도 텍스트 안에서도 죽음을 맞이
한다. 다만 언술의 최종 전달자인 서술자의 음성, 이야기 낭독
의 주체인 배우의 음성, 그리고 그 이야기 안에서 또다른 생각
·지각·기억의 주체로 등장하는 인물의 음성이 교차하고 겹
쳐지면서, 서로가 서로의 말을 밀어내고, 서로가 서로의 말을
감싸는, 이야기의 '입체낭독극'이 펼쳐질 뿐이다.

　다시 첫 문장으로 돌아가자. 이 입체낭독극에선 이야기를
시작하는 배우의 발화행위 외에는 아무 일도 일어나지 않는
다. 오직 이 이야기의 리듬을 조율하고 이야기의 마지막 닫힘
까지도 통제하는 배우의 낭독만이, 이 소설의 허구공간에, 이

---

22) Œuvres complètes IV, p. 295~296. 질 코스타즈와의 대담 참조.

이중의 허구공간에 울려퍼진다. 하지만 결국 소설은, 하나의 이야기 속에서 다른 이야기를 만들어내는, 그래서 하나의 삶에서 다른 삶을 꿈꾸게 하는 가장 능동적인 말의 작동법이 아닌가. 현재에 속하지 않는 시간의 역사를 현재로 끌어당기는 말의 형이상학이, 이 모든 것이 정해진 말과 행동의 되풀이일 수도 있다는 극작의 관습을 반성하듯, 조건법과 직설법 현재시제의 공존을 통해 생성중인 가능성으로서의 이야기를 빚어낸다. 그것은 이야기를 짓고 있는 '지금'으로의 끊임없는 회귀다. 이야기를 들려주는 목소리의 현재와 완전히 합치하지 않는, 그러나 이야기를 지어내는 미지의 순간을 끊임없이 재발명함으로써, 『파란 눈』은 그 하나하나의 순간이 무수한 군도群島처럼 펼쳐지는 이야기의 지평을 그려낸다. 그렇게 사랑은 "끊임없이 시작될 것이다. 하나의 문장마다, 하나의 단어마다."(본문 55쪽)

*

감사의 말을 남기는 것으로 이 책을 번역하느라 쌓인 부채감을 조금이나마 덜고 싶다. 우선 송지선 편집자에게 감사드린다. 그 덕분에 조금 덜 부족하게 마무리할 수 있었다. 조재

룡 선생님께 감사드린다. 학부 때부터 번역을 권했던 당신의 말들이 아니었다면 나는 감히 이런 세계에 발붙일 생각조차 하지 못했을 것이다. 가끔 마음이 물렁해질 때마다 번역된 문장 하나를 앞에 두고 그것을 비평하는 말 열 문장 스무 문장씩을 거침없이 쏟아내던 그 신랄함을 떠올리며 문장을 다듬었다. 또한 여기까지 나를 응원해준 많은 대학원생들과 선생님들께도 감사 인사를 드린다.

마지막으로 이 번역을 완성하기까지 큰 도움을 받은 김시몽 선생님께 특별한 감사의 마음을 전한다. 선생님 덕분에 뒤라스의 수많은 작품 중 이 작품을 읽을 수 있었고, 많은 대화를 나누면서 작품을 읽는 눈을 기를 수 있었다. 이 책은 그렇게 조금씩 쌓아온 시간의 성과다. 첫 번역의 불안을 얼마간 덜어낼 수 있었던 것 역시, 함께 이 텍스트를 두 번, 세 번 읽으면서 역어를 고민하고 차근차근 교정을 본 시간에 대한 믿음이 있었기 때문일 것이다. 다만 나는 그를 흠모하기 때문에 그를 잘 이해하지 못하고, 대부분은 오해하고 있다. 사실 「옮긴이 해설」에 써놓은 말의 뼈대는 모두 그렇게 빌려온 것이나 다름없다. 아니 어쩌면 이 책에 쓰인 모든 말이, 그의 말과 그의 정성을 받아적은 것이라고 하는 편이 더 정확할 것이다. 잘 받아적었는지는 모르겠다.

첫 번역이다. 보이는 것은 늘 부족했고, 써야 할 말은 늘 멀리 있었다. 그러면서도 아첨하는 말들이 들리면 무섭게 화면을 덮어버렸다. 그때마다, 그럴 때마다 나도 괴롭다, 하시던 목소리가 생각나서 번역하다보면 난다는 신비의 사운드 '딸깍'이 날 때까지 기다렸다. '딸깍'까지는 아니고 '딱' 정도로 두 번쯤은 들은 것 같기도 하고, 원래가 '딱'이었나 싶어서 그럼 내가 들었다고 착각한 건 역시 '딸깍' 소리가 내는 거짓말이었나 싶기도 해서 여전히 괴롭기는 마찬가지다. 그해 여름 만둣집에서 만난 선생께 대뜸 번역이 너무 좋다고 말하자 당신의 본래 직업이 번역가라고 하셨던 것이 자꾸 생각난다. 씩 웃으시던 그 아이 같은 표정을 잊을 수가 없다. 여전히 어떤 말들에 대해서는 사랑이 부족했던 것 같다.

끝으로 이 책의 번역과 관련된 사항을 밝힌다. 이 책은 Marguerite Duras, *Les Yeux bleus cheveux noirs*, Minuit, 1986을 우리말로 옮긴 것이다. 이 번역을 위해 공식적으로 위의 책을 저본으로 삼았고, 필요한 경우 Marguerite Duras, *Œuvres complètes*, Gallimard, coll. Bibliothèque de la Pléiade, t. 4, 2014의 해당 텍스트를 참조했다. 「옮긴이 해설」을 쓰는 과정에서도 이 플레이아드판에 실린 베르나르 알

라제Bernard Alazet의 작품해제에서 큰 도움을 받았음을 밝힌다.

2020년 7월

김현준

1914년 4월 4일, 프랑스령 인도차이나 남부 사이공(현재의 베트남 호치민) 근교 지아딘에서 태어난다. 본명은 마르그리트 제르멘 마리 도나디외. 2남 1녀 중 막내였다. 아버지 앙리 도나디외와 어머니 마리 둘 다 지아딘에 파견된 교사였으며, 각자 이전 배우자와 사별한 뒤 1909년 재혼했다. 두 오빠 피에르와 폴은 1910년, 1911년에 태어났다.

1915년 아버지 앙리 도나디외의 건강상의 문제로 가족 모두 프랑스로 떠났다가, 2년 뒤 인도차이나로 다시 돌아와 하노이에 정착한다.

1920년 아버지는 캄보디아 프놈펜으로 전근 발령을 받아 떠나고, 어머니와 아이들은 하노이에 남는다.

1921년 어머니가 프놈펜에 자리를 얻게 되면서 가족은 메콩강변으로 이사한다. 마르그리트는 초등학교에 입학한다. 얼마 지나지 않아 건강 악화로 다시 프랑스로 돌아가야 했던 아버지는 로트에가론주 뒤라스면 파르다이양에 있는 땅을 매입한다. 뒤라스는 훗날 이 지명을 필명으로 택한다. 같은 해 12월, 아버지가 사망한다.

1924년 어머니가 사이공의 메콩강 삼각주 유역 빈롱에서 새로운 직책을 맡게 된다. 이곳에서 마르그리트가 작가가 되기로 결심했을 것으로 여겨진다. 빈롱에서 보낸 유년시절의 기억, 이곳에서 바라본 풍경과 만난 사람들은 훗날 뒤라스의 작품에 지속적으로 등장한다.

1927년 7월. 재정 상황이 나아지면서 어머니가 시암만에 있는 캄보디아 프레이놉에 약 200헥타르에 달하는 토지를 사들이지만 개발은 수포로 돌아간다. 이 사건은 소설『태평양을 막는 방파제』에서 자세히 다뤄진다.

1928년 어머니가 사덱에 있는 여자기숙학교 교장으로 임명된다. 마르그리트는 사이공의 샤스루로바고등학교에 입학한다. 이때 살던 하숙집은 훗날 단편「보아 뱀」에 영감을 준다. 이후 이웃 학교의 기숙사로 자리를 옮긴 마르그리트는 틈틈이 사덱에 있는 가족을 방문했으며 프레이놉에서 방학을 보냈다. 이 시절 마르그리트는 한 베트남 부호와 사귄다. 이 관계의 내막은 자세히 알려지지 않았으나『태평양을 막는 방파제』와『연인』을 통해 소설로 옮겨진다.

1931년 2월. 프랑스로 떠나 가족과 함께 파르다이양에 잠시 머문다. 이곳에서의 기억은 훗날 뒤라스의 첫 소설『철면피들』의 바탕이 된다. 이후 도나디외 가족은 파리로 들어와 방브에 정착한다. 마르그리트는 프랑스 생활에 적응하며 극장과 영화관에 자주 드나들고 많은 사람을 만난다.

1932년 봄. 마르그리트는 임신한다. 어머니는 이런 사정을 전혀 몰랐고, 남자 쪽 가족이 낙태수술을 받게 한다. 9월, 사이공에 다시 일자리를 얻은 어머니를 따라 마르그리트는 인도차이나로 돌아간다.

1933년 7월, 바칼로레아에 합격해 다시 프랑스로 돌아가는 배를 탄다. 마르그리트는 이후 인도차이나로는 발길을 돌리지 않는다. 11월, 파리 소르본대학 법학부에 입학한다.

1934년 스무 살이 된 마르그리트 도나디외는 방브를 떠나 보지라르가街에 있는 한 호텔로 간다. 이 무렵 뇌이이에 사는 한 젊은 유대인을 만난 것으로 추정되며, 이 남자가 『부영사』의 모델이 된 것으로 알려져 있다. 이 시절 마르그리트는 연극과 독서에 탐닉하고 소르본에서 문학수업을 듣기도 한다.

1936년 첫 남편이 될 로베르 앙텔므를 만난다. 6월, 법학 학사학위를 취득한다.

1937년 봄, 정치경제학 및 공법 이중전공으로 고등교육 학위를 취득한다. 이후 6월부터 식민성에서 근무하면서 파리15구로 이사한다.

1939년 9월, 2년간 병역을 마친 로베르 앙텔므와 결혼하지만, 로베르는 병역에서 해제되자마자 프랑스 동부의 군부대로 다시 배속되어 파리를 떠난다.

1940년 5월, 필립 로크와 마르그리트 도나디외가 쓴 『프랑스 제국Empire français』이 갈리마르출판사에서 출간된다. 대중적 입문서와 정치선전의 중간쯤 되는 이 책의 집필에서 마르그리트가 어떤 역할을 맡았는지는 분명하지 않다. 6월, 독일군이 파리로 진군하면서 마르그리트는 피난길에 오른다. 8월 말경, 파리로 다시 돌아와 소집 해제된 로베르와 재회한다.

1941년   2월, 마르그리트는 가스통 갈리마르에게 훗날 자신의 첫 작품이 될 소설 『타느랑 가족』의 원고를 보냈지만, 원고 심사위원이었던 레몽 크노는 출판사의 거절 입장을 전한다.

1942년   5월, 첫 아이가 출산 도중 사망한다. 7월, 베르나르 파이가 이끌던 출판물관리위원회에서 근무하기 시작한다. 이곳에서 마르그리트는 그녀의 두번째 남편이 될 디오니스 마스콜로를 만난다. 12월, 작은오빠 폴의 사망소식을 듣는다. 뒤라스는 훗날 『아가타』에서 이 죽음이 가져다준 절망감을 이야기하며 작은오빠와의 관계에서 자신이 느낀 근친상간적 감정을 회상한다.

1943년   4월, 플롱출판사에서 첫 소설 『타느랑 가족: 철면피들*La Famille Taneran: Les Impudents*』이 출간된다. 마르그리트는 이때부터 필명으로 뒤라스를 사용하기 시작한다. 이 시기, 로베르 앙텔므와의 관계가 잘 풀리지 않던 뒤라스는 디오니스 마스콜로와 사랑에 빠진다. 마스콜로는 동시에 앙텔므와도 깊은 우정을 쌓아간다. 아울러 뒤라스는 이 무렵부터 자전적 서사의 초안을 쓰기 시작했으며 이는 훗날 『태평양을 막는 방파제』와 『연인』에서 이야기하게 될 인도차이나에서의 유년시절을 담고 있었다.

1944년 4월, 남편 로베르 앙텔므와 함께 대학 동문이었던 프랑수
아 미테랑이 이끄는 레지스탕스 운동에 가담한다. 6월,
앙텔므가 체포되어 강제수용소에 감금된다. 가을, 뒤라스
는 프랑스공산당에 가입한다. 12월, 갈리마르출판사에서
뒤라스의 두번째 소설 『조용한 삶La Vie tranquille』이 출간
된다.

1945년 뒤라스는 공산당 세포조직의 서기관이 되고, 길거리에
서 『뤼마니테』지를 판매하는 등 공산당 활동에 더 적극
적으로 참여하기 시작한다. 6월, 로베르 앙텔므가 다하
우 강제수용소에서 돌아온다. 이 긴 기다림의 기억은 훗
날 『고통』을 통해 전해진다. 곧이어 뒤라스는 전쟁 포로
및 강제수용자 관련 민족운동의 일환인 『리브르』지 출간
에 참여하고, 히로시마에 원자폭탄이 투하되던 8월 6일
에는 '안시 호숫가 강제수용자들의 집'에 남편과 함께 방
문한다. 특히 이 기억은 훗날 『초록 눈』에서 자세히 다뤄
진다. 10월, 리옹 지역 문학잡지 『콩플뤼앙스』에 실존주
의적 색채가 가득한 단편 「잎사귀들Les Feuilles」을 싣는다.
12월, 로베르 앙텔므와 함께 시테위니베르셀출판사를
설립한다.

1946년 3월, 로베르 앙텔므와 디오니스 마스콜로가 프랑스 공산
당에 가입하고, 앙텔므의 생브누아가街 5번지 아파트에
는 공산주의 지식인들을 비롯한 여러 인사가 모이기 시작
한다. 훗날 이른바 '생브누아가 모임'으로 불리는 이 모임

을 둘러싸고 조르주 바타유, 모리스 블랑쇼, 루이르네 데 포레, 장 투생, 도미니크 드장티, 자크 라캉, 미셸 레리스, 모리스 메를로퐁티, 에드가 모랭, 프랑시스 퐁주, 레몽 크노, 자크프랑시스 롤랑, 클로드 로이, 호르헤 셈프룬 등의 이름이 거론된다. 뒤라스는 이 모임을 통해 이탈리아 작가 엘리오 비토리니와 만나게 되고, 이를 계기로 앙텔므, 마스콜로, 뒤라스 세 사람은 이탈리아 리구리아 해변에서 여름을 보낸다.

1947년   4월, 로베르 앙텔므와 이혼한다. 5월, 시테위니베르셀 출판사는 강제수용소에서의 충격적 경험을 이야기한 앙텔므의 『인류』를 출간한다. 이 책은 이후 프랑스 지성사에 큰 영향을 미쳤으나, 당시에는 크게 주목받지 못했다. 6월, 뒤라스와 디오니스 마스콜로의 아들 장 마스콜로가 태어난다. 10월, 『레 탕 모데른』지에 단편 「보아 뱀Le Boa」이 발표된다(이 작품은 수정을 거쳐 『숲속에서의 나날들』에 재수록된다).

1949년   어머니가 프랑스로 여행 온 것을 계기로 16년간 얼굴을 보지 못했던 모녀는 관계를 회복하려 노력한다. 그와 동시에 뒤라스는 『태평양을 막는 방파제』 집필에 힘쓰며 유년시절의 기억을 청산하고자 한다. 12월, 뒤라스와 마스콜로는 공산당과 결별한다.

1950년   1월, 갈리마르출판사와 추후 10권의 작품에 대한 우선권을 부여하는 사전계약을 맺는다. 3월, 뒤라스는 핵무기

제조 및 사용 반대 선언인 '스톡홀름 호소문'에 서명한다. 6월, 세번째 소설 『태평양을 막는 방파제Un barrage contre le Pacifique』가 출간된다. 자전적 이야기이자 동시에 인도차이나 전쟁에 대한 정치적 반향으로 가득했던 이 작품은 비평계로부터 환영받았지만, 상업적 성공은 거두지 못했다.

1952년   5월, 『레 탕 모데른』에 「마담 도댕Madame Dodin」을 싣는다. 10월, 갈리마르에서 『지브롤터의 선원Le Marin de Gibraltar』이 출간된다. 판매는 저조했다.

1953년   6월, 뒤라스는 간첩 혐의로 사형을 선고받은 로젠버그 부부의 형 집행을 반대하는 시위에 참가한다. 10월, 뒤라스의 다섯번째 소설 『타르키니아의 작은 말들Les Petits Chevaux de Tarquinia』이 갈리마르에서 출간된다. 모리스 나도가 『레 레트르 누벨』지를 통해 소설의 몇몇 대목을 발췌하여 소개한다. 이 소설은 마스콜로, 앙텔므, 엘리오 비토리니 등과 함께 이탈리아에서 보낸 지난 몇 년간의 여름휴가에서 영감받아 쓴 것으로, 실제 당시 뒤라스 부부의 파경뿐 아니라, 뒤라스와 아들 사이에 형성된 기이한 융합 관계를 담고 있다.

1954년   뒤라스가 모리스 나도에게 보여준 단편 원고 중 몇몇 작품이 『레 레트르 누벨』지에 실리고, 이를 바탕으로 두 사람은 새로운 책을 구상한다. 뒤라스의 유일한 단편집인 이 책은 11월 『숲속에서의 나날들Des journées entières dans *les arbres*』이라는 제목으로 갈리마르에서 출간된다. 같은 제목의 첫번째 단편에서 뒤라스는 큰오빠에 대한 어머니의 유별난 편애를 이야기했고, 이를 계기로 모녀 사이의 불화는 돌이킬 수 없게 된다.

1955년   알제리 사건이 결국 전쟁으로 치달으면서 뒤라스의 정치 활동은 점점 더 과격해진다. 3월, 주느비에브 세로가 각색한 〈태평양을 막는 방파제〉가 라디오방송으로 전파를 탄다. 9월, 갈리마르에서 『공원*Le Square*』이 출간된다. 두 사람의 대화로 이루어진 이 짧은 소설은 이전까지 뒤라스가 쓴 이야기들과 분명한 미학적 단절을 나타낸다. 10월, 마스콜로, 앙텔므, 뒤라스, 모랭, 루이르네 데 포레 등 다섯 명은 '북아프리카 전쟁 지속에 반대하는 프랑스 지식인 행동 위원회'를 발족한다. 레지스탕스 활동의 핵심인사였던 장 카수가 의장을 맡는다.

1956년   1월, 살바그람에서 열린 알제리민족 지지선언 집회에 참석한다. 이해 봄, 『프랑스디망슈』지의 기자 제라르 자를로와 사랑에 빠진다. 그 역시 한 가정의 아버지였으며, 두 사람 사이의 이 격정적인 관계는 점점 폭력적으로 변해갔다. 이 만남 이후 술은 뒤라스의 삶에서 점점 더 큰 자리를 차지하기 시작한다. 8월, 자를로와 생트로페에서 여름을 보내던 중, 어머니 도나디외 부인이 사망한다. 9월, 뒤라스가 직접 『공원』을 희곡으로 각색하고, 클로드 마르탱이 연출을 맡아 샹젤리제스튜디오에서 무대에 올리지만,

연극은 실패한다. 가을, 뒤라스는 마스콜로와 헤어지지만 이후 10년간 두 사람은 한집에 머문다. 『태평양을 막는 방파제』의 영화 판권 판매 수입으로 뇌플르샤토에 집을 산다.

1957년   2월, 좌파 주간지 『프랑스 옵세르바퇴르』에 처음으로 시평이 실린다. 이듬해 11월까지 발표한 시평 40편 대부분은 1981년 『아웃사이드』에 수록된다. 그중에서도 5월과 6월, 뒤라스는 에브누 박사 재판을 추적하여 그녀의 가장 유명한 시평 중 하나인 「슈아지르루아의 공포Horreur à Choisy-le-Roi」를 쓴다(『센에우아즈 고가다리』와 『영국 연인』에서 뒤라스는 이 사건을 다시 다루게 된다). 10월, 뒤라스는 『모데라토 칸타빌레』의 집필을 끝낸다. 갈리마르 측은 다른 출판사에서의 출간을 허가한다.

1958년   2월, 『모데라토 칸타빌레Moderato cantabile』가 미뉘출판사에서 출간된다. 판매량은 엄청났고, 이때부터 언론에서는 마르그리트 뒤라스라는 이름이 '누보로망'과 함께 언급되기 시작한다. 그러나 이러한 수식에는 다소 무리한 측면이 없지 않았다. 5월, 르네 클레망이 『태평양을 막는 방파제』를 각색하여 영화 〈This Angry Age〉(한국에서는 〈해벽〉이라는 이름으로 소개된 바 있음)를 출시한다. 하지만 정작 뒤라스는 이 영화에서 자신의 소설을 인정하지 않는다. 6월, 『모데라토 칸타빌레』는 알랭 로브그리예가 이해에 제정한 '메상prix de Mai'을 받는 첫 작품으로 선정된다.

5~7월, 뒤라스는 알랭 레네의 제안으로 영화 〈히로시마
내 사랑Hiroshima mon amour〉의 시나리오와 대사를 집필한
다. 알랭 레네는 일본과 프랑스를 오가며 이 영화를 촬영
하고, 이 작업에 뒤라스가 깊이 관여하게끔 독려한다. 동
시에 뒤라스는 『복도에 앉아 있는 남자』를 쓴다(1962년
『라르크L'Arc』지에 실리는 이 작품은, 이후 1980년이 되어서
야 미뉘를 통해 출간된다). 9월, 국민투표로 제5공화국이
시작된다. 샤를 드골의 복귀와 집권은 생브누아가 모임에
실망을 안긴다.

1959년   5월, 칸영화제 비경쟁부문에서 〈히로시마 내 사랑〉이 소
개되고, 이를 계기로 영화계에서 뒤라스의 명성이 크게
높아진다. 영화는 큰 성공을 거둔다.

1960년   2월, 『센에우아즈의 고가 다리Les Viaducs de la Seine-et-Oise』
가 갈리마르에서 출간된다. 각색 없이 바로 희곡으로 쓰
인 첫 작품이다. 5월, 뒤라스와 자를로의 각색을 바탕으로
피터 브룩 감독이 연출한 〈모데라토 칸타빌레〉가 칸영화
제에서 상영된다. 안 데바레드 역을 연기한 잔 모로가 여
우주연상을 수상한다. 같은 달, 뒤라스는 자를로와 함께
〈이토록 긴 부재〉의 시나리오 작업을 시작하고, 앙리 콜
피 감독은 이해 가을부터 촬영을 시작한다. 7월, 갈리마
르에서 새 소설 『여름 저녁 열시 반Dix heures et demie du soir
en été』이 출간된다. 이후 여름 내내 뒤라스는 〈히로시마 내
사랑〉의 시나리오와 대사집을 출간하기 위한 작업을 진행

한다. 9월, 이른바 '121인 선언'으로 알려진 알제리 주둔 프랑스 병사의 원대복귀 위반권을 지지하는 성명에 뒤라스도 이름을 올린다. 생브누아가 모임이 이 성명을 주동했고, 뒤라스 또한 상당 부분 관여하게 된다. 가을, 뒤라스는 갈리마르로부터 월급제 고료를 받기 시작한다. 12월, 『히로시마 내 사랑』이 출간되어 서점에서 큰 성공을 거둔다. 이는 프랑스에서 책의 형태로 출간된 최초의 시나리오였다.

1961년   1~2월, 지난해 12월의 벨기에 방문에 이어, 뒤라스는 알랭 로브그리예, 나탈리 사로트와 함께 영국 순회강연을 떠난다. 2월, 마튀랭극장에서 헨리 제임스의 『애스펀의 편지The Aspern Papers』가 상연되는데, 로베르 앙텔므와 뒤라스가 프랑스어 번역 텍스트를 함께 준비한다. 이 텍스트는 곧 『파리-테아트르』지에 실리고, 1984년 뒤라스의 『희곡』 3권에 실린다. 5월, 앙리 콜피의 영화 〈이토록 긴 부재〉가 칸에서 상영된다. 이 영화는 이해 루이스 부뉴엘의 〈비리디아나〉와 황금종려상을 공동수상한다. 이후 제라르 자를로와 뒤라스가 쓴 시나리오 『이토록 긴 부재Une aussi longue absence』가 6월 갈리마르에서 출간된다. 9월, 뒤라스와 자를로가 윌리엄 깁슨의 희곡 『기적을 일으키는 사람The Miracle Worker』을 각색한 작품 〈앨라배마의 기적Miracle en Alabama〉이 에베르토극장에서 상연되어 큰 성공을 거둔다.

1962년   1월, 『앙데스마스씨의 오후L'Après-midi de monsieur Andesmas』
         가 갈리마르에서 출간된다. 이 작품은 이해 트리뷴드파
         리상을 받는다. 3월, 에비앙 협정에 따라 알제리전쟁이
         종식된다. 봄, 뒤라스는 헨리 제임스의 「정글의 야수The
         Beast in the Jungle」를 프랑스어 연극으로 각색하고, 이 작품
         은 9월 아테네극장에서 초연된다. 7월, 가까운 친구 조르
         주 바타유를 잃는다. 연말부터 뒤라스는 『부영사』를 쓰기
         시작한다. 이해에 뒤라스와 자를로는 영화감독 장 롤랭과
         협력하여 영화 〈해로L'Itinéraire marin〉를 만들지만 미완성
         작으로 남는다.

1963년   술을 끊으려 노력하지만, 겨울 내내 술은 심각한 문제가
         된다. 2월, 클로드 레기는 뒤라스가 직접 고쳐 쓴 『센에우
         아즈의 고가 다리』를 무대에 올린다. 4월, 뒤라스와 자를
         로가 대본을 쓴 미셸 미트라니의 드라마, 〈경이 없이Sans
         merveille〉가 텔레비전에서 방영된다. 7월, 『N.R.F.』지에 기
         이한 유머로 가득한 희곡 『물과 숲Eaux et Forêts』을 발표한
         다. 뒤라스는 6월경 트루빌의 로슈누아르에 구입한 집에
         서 여름을 보내고, 그렇게 10월까지 파리와 트루빌을 오
         가며 아주 빠른 속도로 새로운 소설을 집필한다. 이때부
         터 뒤라스는 파리, 뇌플르샤토, 그리고 노르망디 해안을
         오가며 여생을 보낸다.

1964년   3월, 갈리마르에서 『롤 V. 슈타인의 황홀Le Ravissement de Lol
         V. Stein』이 출간된다. 뒤라스의 걸작 중 하나로 손꼽히는 이

소설은 서점에서도 좋은 성과를 거둔다. 이때부터 본격적으로 약 10년간 소설과 영화를 아우르는 창작기가 시작된다. 이해 여름, 마랭 카르미츠는 뒤라스가 시나리오를 쓴 단편영화 〈검은 밤 캘커타Nuit noire Calcutta〉를 촬영한다. 영화는 대중에 공개되지 않았지만, 『부영사』 집필에 큰 영향을 미친다.

1965년   4월, 브리지트 바르도에 대한 뒤라스의 글이 『보그』지에 실린다. 뒤라스는 1969년까지 같은 잡지에 다른 여성들을 다룬 몇 편의 글을 싣는다. 9월, 프랑스퀼튀르 라디오 방송에서 뒤라스의 『앙데스마스씨의 오후』를 각색한 방송이 나간다. 10월, 샹젤리제 스튜디오 극장에서 〈라 뮈지카La Musica〉가 초연되고, 이어서 〈물과 숲〉이 무대에 오른다. 같은 달, 갈리마르는 뒤라스의 『희곡Théâtre』 1권(「물과 숲」 「공원」 「라 뮈지카」 포함)을 출간한다. 12월, 뒤라스가 「숲속에서의 나날들」을 각색한 희곡을 장루이 바로가 연출을 맡아 테아트르드프랑스에서 공연을 올린다. 이해에 뒤라스는 텔레비전 프로그램 〈딩 댕 동〉과 협업을 시작했으며, 1968년 5월까지 60년대의 이 상징적인 여성 프로그램을 위해 8개의 방송을 제작했다.

1966년   1월, 『부영사Le Vice-consul』가 갈리마르에서 출간된다. 같은 달, 『숲속에서의 나날들』이 『라방센 테아트르L'Avant-scéne théâtre』지에 발표되고, 연극 〈물과 숲〉 〈라 뮈지카〉는 로마의 테아트로클럽에서 무대에 오른다. 매년 여름을 함께 보내온 작가 엘리오 비토리니가 2월 12일 58세의 나이로 사망하고, 2월 22일에는 제라르 자를로가 43세의 나이로 사망한다. 11월, 뒤라스가 1965년 여름에 집필한 시나리오를 바탕으로 장 샤포가 만든 영화 〈여자 도둑La Voleuse〉이 개봉한다.

1967년   2월, 뒤라스가 대본 및 촬영에 참여한 쥘 다생 감독의 영화 〈여름 저녁 열시 반〉이 개봉한다. 3월, 폴 세방과 함께 동명의 연극을 각색해 만든 뒤라스의 첫 영화 〈라 뮈지카〉가 개봉한다. 같은 달, 뒤라스는 모스크바 재판에서 영감을 받은 정치극 『한 남자가 나를 보러 왔다Un homme est venu me voir』를 완성한다. 이 희곡은 뒤라스 생전에는 무대에 오르지 못했고, 다만 일부분이 『카이에 르노바로』 (1965년 12월호)에 「러시아극Pièce Russe」이라는 제목으로 실린 바 있다. 3월, 갈리마르에서 『영국 연인L'Amante anglaise』이 출간된다. 희곡 『센에우아즈 고가다리』를 소설로 개작한 이 작품은 좋은 평을 받는다. 봄이 끝나갈 무렵, 뒤라스는 시나리오 『긴 의자La Chaise longue』를 쓰고 조셉 로지에게 제안하지만 영화화는 성사되지 않는다. 이 시나리오는 『파괴하라, 그녀가 말한다』라는 제목의 책으로 먼저 출간된다. 8월, 뒤라스는 아주 짧은 희곡 「새 L'Oiseau 」를 쓰는데, 이 희곡은 곧 『예스, 아마도Yes, peut-être』로 발전한다.

1968년   1월, 뒤라스가 직접 연출을 맡은 연극 〈르 샤가Le Shaga〉와

〈예스, 아마도〉가 그라몽극장에서 공연된다. 3월 말, 프랑스퀼튀르에서 『영국 연인』을 각색해 방송한다. 4월, 테헤란으로 강연차 여행을 떠났던 뒤라스는 프랑스로 돌아오자마자 5월 혁명에 뛰어든다. 6월, 갈리마르에서 뒤라스의 『희곡』 2권이 출간된다. 8월, '프라하의 봄' 사태가 뒤라스에게 큰 충격을 안긴다. 12월, 뒤라스의 각색을 바탕으로 클로드 레기가 연출한 〈영국 연인〉이 샤이오국립극장에서 무대에 오른다.

1969년 1월, 갈리마르에 정치적 주제로 총서를 만들 것을 제안하지만 출판사는 주저한다. 그사이 뒤라스는 제롬 랭동에게 시선을 돌리고, 3월 『파괴하라, 그녀가 말한다 Détruire dit-elle』가 미뉘에서 출간된다. 이 작품은 '단절 Rupture'이라는 총서의 시작을 알리지만, 후속작은 나오지 않는다. 뒤라스는 이 짧은 텍스트를 직접 감독해서 영화화하고, 9월과 11월, 각각 뉴욕과 런던 영화제에서 〈Destroy, She Said〉가 상영된다.

1970년 1월, 프랑스경영자전국평의회 C.N.P.F.의 점거 농성 및 마오쩌둥주의자들이 조직한 아프리카 이민자들의 처우 개선 시위에 참여한다. 뒤라스는 훗날 공산주의 기관지 『라 코즈 뒤 푀플』 후원 모임에도 가입한다. 2월, 뒤라스가 각색한 A. 스트린드베리의 〈죽음의 춤〉이 프랑스 샤이오국립극장에서 클로드 레기의 연출로 초연된다. 6월, 갈리마르에서 일종의 정치 우화인 『아반 사바나 다비드 Abahn

Sabana David』가 출간된다. 뒤라스는 이 작품을 영화화하기 위해 『황색 태양*Jaune le soleil*』이라는 시나리오를 집필한다. 이해, 희곡 『영국 연인』이 입센상을 받는다.

1971년 1월, 뒤라스는 뇌플르샤토의 집에서 〈황색 태양〉을 촬영한다. 이 영화는 9월 페사로영화제에서 처음 소개된다. 4월, 뒤라스는 낙태 합법화와 피임의 자유를 주장한 이른바 '343인의 잡년 선언'에 이름을 올린다. 11월, 『레 누벨 리테레르』지에 뒤라스와 프란시스 베이컨이 나눈 인터뷰가 실린다(1981년 『아웃사이드』에 재수록). 연말, 뒤라스가 쓰고 베르나르 본옴므가 삽화를 그린 동화 『아! 에르네스토*Ah! Ernesto*』가 아를랭 퀴스트/프랑수아 뤼비달에서 출간된다. 이 동화의 내용은 1984년 영화 〈아이들*Les Enfants*〉로, 그리고 1990년 소설 『여름비 *La Pluie d'été*』로 다시 만들어진다. 12월, 갈리마르에서 『사랑*L'Amour*』이 출간된다.

1972년 3월, 『르 몽드』 『르 누벨 옵세르바퇴르』 『라 코즈 뒤 퓌플』지는 일제히 뒤라스와 마스콜로가 프랑스공산당을 비판한 글 「투사의 책임에 관하여*Sur la responsabilité du militant*」를 게재한다. 4월, 뒤라스는 뇌플르샤토의 집에서 〈나탈리 그랑제〉를 촬영하고, 이 영화는 가을 베니스영화제와 뉴욕필름페스티벌에서 소개된다. 여름, 런던국립극장을 이끌던 피터 홀의 요청에 따라 뒤라스는 『부영사』의 희곡 각색을 진행한다. 이 각색 작업은 영화 〈인디아 송 *India Song*〉으로 이어진다. 11월, 『사랑』을 각색한 영화 〈갠지스강의 여인La Femme du Gange〉을 촬영한다.

1973년 1월, 뒤라스가 각색한 데이비드 스토리의 희곡『집Home』
이 에스파스카르댕에서 초연을 올린다. 2월, 이 텍스트는
갈리마르의 '세계의 연극Théâtre du monde entier' 총서에 이
름을 올린다. 9월 〈나탈리 그랑제〉가 파리에서 개봉하고,
10월 〈갠지스강의 여인〉이 뉴욕에서 상영된다. 같은 달,
두 영화의 시나리오 텍스트가 갈리마르에서 출간된다.
뒤이어 12월, 갈리마르는 『인디아 송, 연극 영화 텍스트
India Song, texte théâtre film』를 출간한다. 이 작품을 끝으로
뒤라스의 '갈리마르 시기'가 끝난다.

1974년 4월, 『말하는 여자들Les Parleuses』이 미뉘에서 출간된다. 이
책은 지난해 5~7월, 파리와 뇌플르샤토를 오가며 자비
에르 고티에와 진행한 인터뷰 결과물이다. 페미니즘적 논
조가 강하게 담겨 있었고, 비평가들은 아주 자연스럽게
이 책을 여성운동과 연관시켰다. 같은 달, 〈갠지스강의 여
인〉이 파리에서 상영되고, 7월 〈인디아 송〉을 촬영한다.
11월, 라디오에서는 전년도 12월에 출간된 이 책을 각색
해 방송한다.

1975년 2월, 로테르담영화제에 첫 출품된 〈인디아 송〉은 5월 칸
영화제 비경쟁부문에 이름을 올린다. 영화는 상당한 호평
을 받는다. 11월, 뒤라스는 캉의 뤽스영화관에서 〈인디아
송〉을 선보이고, 여기서 훗날 얀 앙드레아Yann Andréa라는
이름으로 그녀의 작품에 등장하게 될 학생, 얀 르메Yann

Lemée를 처음으로 만난다.

1976년   1월, 뒤라스는 〈인디아 송〉과 동일한 사운드트랙에 로스
차일드궁의 이미지를 담아 또다른 영화 〈캘커타 사막의
베니스라는 그의 이름Son nom de Venise dans Calcutta désert〉
을 찍는다. 이 영화는 5월 칸영화제에 소개된 뒤 6월에 개
봉한다. 3월, 뒤라스는 1954년에 처음으로 쓴 뒤, 1965년
희곡으로 각색한 작품 〈숲속에서의 나날들〉을 영화화한
다. 이해 말, 이 영화는 장콕토상을 수상한다. 4월, 뒤라스
는 1968년의 연극 〈수잔나 안들러Suzanna Andler〉를 영화
화한 〈박스터, 베라 박스터Baxter, Véra Baxter〉를 촬영한다.
5월, 미셸 포르트와의 인터뷰가 〈마르그리트 뒤라스의 장
소들〉이라는 제목으로 텔레비전에서 방송된다. 뒤라스는
이 한 해 동안 페미니즘 잡지 『소르시에르Sorcières』에 몇몇
중요한 글을 송고하지만, 여성해방운동과는 늘 일정한 거
리를 유지한다.

1977년   1월, 단 며칠 만에 영화 〈트럭Le Camion〉을 촬영한다. 뒤
라스는 제라르 드파르디외와 함께 이 영화에 출연한다.
5월, 미뉘는 이 영화의 텍스트 『트럭』에 미셸 포르트와
의 인터뷰를 덧붙여 출간한다. 같은 달, 〈트럭〉 〈숲속에
서의 나날들〉 〈박스터, 베라 박스터〉가 칸영화제에서 상
영된다. 11월, 메르퀴르드프랑스에서 희곡 『에덴 시네마
L'Éden Cinéma』가 출간된다. 『태평양을 막는 방파제』를 각
색한 이 희곡은 출간에 앞서 르노바로극단과 함께 클로드

레기의 연출로 오르세극장에서 무대에 올랐다. 12월, 미뉘에서 『마르그리트 뒤라스의 장소들Les Lieux de Marguerite Duras』이 출간된다. 지난해의 텔레비전 프로그램을 바탕으로 제작된 이 책은, 뇌플르샤토의 집과 트루빌의 아파트에 대해, 그리고 뒤라스 자신의 삶과 창작에 대해 나눈 대화를 담고 있다.

1978년 1월, 영화 상영을 기회로 이스라엘로 여행을 떠난다. 특히 카이사레아를 방문하면서 뒤라스는 유대인의 운명에 큰 매력을 느낀다. 4월, 큰오빠 피에르 도나디외가 사망한다. 8월, 뒤라스는 지난해 2월 잡지 『미뉘』에 발표했던 시나리오를 바탕으로 〈나비르 나이트Le Navire Night〉를 촬영한다. 10월, 『롤 V. 슈타인의 황홀』 『부영사』 〈인디아송〉의 등장인물 안마리 스트레테르에 영감이 되어준 엘리자베스 슈트리터가 사망한다.

1979년 봄, 〈나비르 나이트〉에 쓰지 않고 남겨둔 구상에서 출발해, 두 편의 단편영화 〈세자레Césarée〉와 〈바위에 새겨진 손Les mains négatives〉을 새로 쓰고 편집한다. 7월, 뒤라스는 파리에서 〈오렐리아 슈타이너(멜버른)Aurélia Steiner(Melbourne)〉을 촬영하고, 뒤이어 9월 〈오렐리아 슈타이너(밴쿠버)Aurélia Steiner(Vancouver)〉를 촬영한다. 10월, 스위스 로잔을 여행하던 뒤라스는 장뤽 고다르의 요청에 영화 〈할 수 있는 자가 구하라(인생)Sauve qui peut (la vie)〉에 목소리로 출연한다. 12월, 미셸 쿠르노의 후원 아래 메르

퀴르드프랑스에서 지난 2년간 영화에 쓰인 텍스트 「나비르 나이트」「세자레」「바위에 새겨진 손」「오렐리아 슈타이너」 3부작(멜버른 · 벤쿠버 · 파리)을 모아 출간한다. 어린 유대인 소녀가 익명의 수취인에게 보내는 편지로 구성된 「오렐리아 슈타이너」 3부작은 뒤라스의 글쓰기에로의 진정한 복귀를 알린다.

1980년   1월, 뒤라스는 얀 르메가 몇 년간 보내온 편지에 마침내 답장한다. 이즈음 뒤라스의 혈압은 위험할 정도로 높았고, 몇 차례 가사상태에 빠지기도 했다. 뒤라스는 결국 응급실로 실려간다. 연초, 1976년의 시나리오를 각색한 희곡 『베라 박스터 혹은 대서양의 해변들 Véra Baxter ou les Plages de l'Atlantique』이 알바트로스출판사에서 출간된다. 4월, 미뉘에서 『복도에 앉아 있는 남자 L'Homme assis dans le couloir』를 출간한다. 『카이에 뒤 시네마』지는 뒤라스에게 특별호의 구상 및 집필을 의뢰한다. 레이아웃 디자인까지 독자적으로 작업한 이 책은 6월, 『초록 눈 Les Yeux verts』이라는 제목으로 발간된다. 세르주 쥘리는 뒤라스에게 『리베라시옹』지에 칼럼 기고를 부탁하고, 7~9월 사이 총 10개의 텍스트가 실린다. 미뉘에서 이 텍스트들을 모아 『80년 여름 L'Été 80』을 출간한다. 얼마 후 뒤라스는 트루빌의 파도소리와 함께 이 텍스트의 몇몇 구절을 발췌해 녹음하는데, 이는 이듬해 데팜므출판사에서 『소녀와 아이 La Jeune Fille et l'Enfant』라는 제목의 카세트테이

프로 발매된다. 이 기이한 경험을 계기로 뒤라스의 글쓰기가 다시 문학과 맺어진다. 이 작품은 큰 성공을 거두게 되고, 이때부터 뒤라스가 새롭게 부른 이름, 얀 앙드레아에게 헌정된다. 수년간 일방적으로 편지를 보내온 그는 마침내 이해 8월 30일, 뒤라스의 삶으로 들어온다. 두 사람은 20세기 문학의 전설적인 커플이 된다.

1981년 1월, 알뱅미셸출판사에서 『아웃사이드. 나날의 기사들 *Outside. Papiers d'un jour*』이 출간된다. 1957~1980년 뒤라스가 여러 매체에 기고한 59개의 기사가 실렸다. 2월, 미뉘에서 『아가타*Agatha*』가 출간된다. 뒤라스는 이 작품을 통해 작은오빠 폴에게 느꼈던 순수한 근친상간적 감정을 그려낸다. 곧바로 이 작품은 영화 〈아가타 그리고 무한의 독서*Agatha et les lectures illimitées*〉로 각색되고, 트루빌에서 촬영이 진행된다. 영화에는 배우 뷜 오지에와 얀 앙드레아가 출연한다. 촬영현장에서 장 마스콜로와 제롬 보주르는 〈뒤라스가 찍다*Duras filme*〉라는 제목의 다큐멘터리를 촬영하고, 여기서 출발해 뒤라스는 '책이 말하다*Livre dit*'라는 제목으로 몇몇 대목을 써두지만 텍스트는 미완성으로 남는다. 5월, 프랑수아 미테랑이 프랑스공화국의 새로운 대통령으로 선출된다. 뒤라스는 그의 대선행보를 적극 지지했다. 6월, 한차례 다툼 뒤 얀 앙드레아와 편지를 주고받은 뒤라스는 여기서 그에게 바치는 오마주가 될 영화 〈대서양의 남자〉를 떠올린다.

1982년   2월 말,『대서양의 남자L'Homme antlantique』가 미뉘에서 출
간된다. 책은 영화에 비해 큰 주목을 끌지 못한다. 3월,
뒤라스는 얀 앙드레아에게『사바나 베이』를 받아쓰게 한
다. 4월, 이탈리아 방송국의 요청으로 만든 대본『로마
의 대화Dialogue de Rome』를 바탕으로 촬영이 이루어진다.
8~10월, 뒤라스는 얀 앙드레아에게『죽음의 병』을 받아
쓰게 함으로써, 동성애자인 젊은 얀과 자신의 관계가 지
닌 어려움을 간접적으로 읽게 만든다. 10월, 미뉘에서 희
곡『사바나 베이Savannah Bay』가 출간된다. 늙은 여배우가
등장하고, 그녀는 한 젊은 여성의 도움으로 기억 깊숙한
곳에 자리한 과거의 비극적인 사건을 떠올린다. 영화배우
마들렌 르노에 대한 오마주로 여겨지는 이 연극은 이듬해
말 초연된다. 10~11월, 얼마 전부터 다시 마시기 시작한
술이 결국 문제가 되어 뒤라스는 뇌이쉬르센에 있는 병원
에 입원한다. 얀 앙드레아는『M.D.』(1983)에서 이 사연
을 이야기한 바 있다. 12월, 미뉘에서『죽음의 병La Maladie
de la mort』을 출간한다. 퇴원하자마자 뒤라스에게는 이 책
의 교정을 보는 일이 무엇보다도 시급했다.

1983년   1월,『죽음의 병』이 서점에 유통된다. 향후 10년간 뒤라
스는 끊임없이 이 텍스트로 돌아와 개작과 각색을 시도
한다. 2월, 뒤라스가 쓴 희곡들이 파리의 극장에서 일제
히 공연된다. 4월, 브뤼셀에서 영화 회고전 및 전시로 이
루어진 '뒤라스 주간'이 열린다. 뒤라스는 이 행사를 계기

로 일종의 사진집을 구상하는데, 이는 1년 뒤 『연인』의 집
필로 이어진다. 6월, 장 마스콜로와 제롬 보주르가 촬영
하는 카메라 앞에서 뒤라스는 도미니크 노게즈와 영화에
관한 대담을 나누고, 같은 달에 아카데미프랑세즈 희곡부
문 그랑프리를 수상한다. 봄에서 여름 사이, 얀 앙드레아
의 도움을 받아 1956~1964년 제라르 자를로와의 관계
를 이야기하는 '거짓된 남자L'Homme menti'를 쓰지만, 글
은 완성되지 않는다. 이 사연은 이후 『물질적 삶』에 등장
한다. 9월, 〈아가타〉〈사바나 베이〉가 각기 공연을 올린다.
11월, 미뉘에서 『사바나 베이』의 개정증보판이 출간된다.

1984년   1월, 롱푸앙극장에서 뒤라스의 감독하에 〈오렐리아 슈
타이너〉를 포함한 여러 작품의 낭독극이 열린다. 2월, 아
들 장 마스콜로는 뒤라스에게 오래된 사진을 바탕으로 책
을 만들자고 제안하지만, 계획은 무산되고 뒤라스는 새로
운 소설을 쓴다. 5월, 갈리마르에서 『희곡』 3권이 출간된
다. 6월, 뒤라스는 영화 〈아이들〉을 촬영한다. 이 영화는
1971년 출간된 동화 『아! 에르네스토』를 바탕으로 제작
되었으며, 8월 몬트리올영화제에서 상영되었다. 9월, 미
뉘에서 『연인L'Amant』이 출간된다. 평단은 걸작을 외치고,
몇 달 만에 책은 100만 부 이상 판매되며, 수십 개 언어
로 번역되기 시작한다. 11월, 뒤라스는 공쿠르상을 수상
한다. 이해, P.O.L.출판사에서 『아웃사이드』가 재출간되
고, 이를 계기로 뒤라스는 '아웃사이드'라는 동명의 총서

를 기획한다. 책 뒤표지에는 뒤라스의 문장 하나가 실린다: "나는 이 총서와 더불어 무한의 독서가, 책의 끝에서도 끝나지 않는 독서가 돌아오길 바란다."

1985년 2월, 베를린 영화제에서 〈아이들〉이 특별 심사위원상과 국제예술영화관연맹상을 수상한다. 같은 달, 갈리마르출판사는 뒤라스가 각색한 안톤 체호프의 희곡『갈매기』를 출간한다. 4월, 뒤라스는 라에네크병원으로 긴급 호송되고, 동시에 P.O.L.에서 『고통La Douleur』이 출간된다. 뒤라스는 첫번째 남편 로베르 앙텔므가 강제수용소에서 귀환하던 날과 그에 앞서 있었던 긴 기다림에 대해 쓴다. 5월, 갈리마르는『라 뮈지카』에 2막을 더해 개정판을 출간한다. 같은 달, 칸영화제에서 페터 한트케가『죽음의 병』을 원작으로 만든 영화 〈Das Mal des Todes〉가 상영된다. 7월 17일, 「숭고한, 너무나도 숭고한, 크리스틴 V.Sublime, forcément sublime, Christine V.」라는 기사가『리베라시옹』에 실린다. 이 기사는 당시 프랑스 전역을 들끓게 한 이른바 '그레고리 사건'을 다루면서 큰 스캔들을 일으킨다. 한편 뤽 봉디가『죽음의 병』의 희곡을 베를린 무대에 올릴 계획을 내비치면서, 여름 내내 뒤라스는 이 작품의 각색에 매진한다. 9월 21일 원고를 보낸 뒤라스는 다음 날 의견을 바꾸고, 계획은 무산된다. 이후 뒤라스는 이 작품의 각색 작업에 계속 매달리게 된다.

1986년 4월,『연인』이 리츠파리헤밍웨이상을 받는다. 10월, 미뉘

에서『파란 눈 검은 머리 *Les Yeux bleus cheveux noirs*』가 출간
된다.『죽음의 병』에서 출발한 이 소설을 마주하고 평단의
의견은 다소 분분했지만, 책의 판매량은 좋았다. 12월, 미
뉘에서『노르망디 해변의 매춘부 *La Pute de la côte normande*』
가 출간된다. 11월『리베라시옹』지에 먼저 실렸던 이 텍
스트를 통해 뒤라스는『파란 눈 검은 머리』의 탄생 과정을
밝히면서, 얀 앙드레아와의 관계를 되짚는다.

1987년   6월, P.O.L.출판사에서『물질적 삶. 마르그리트 뒤라스
가 제롬 보주르에게 말하다 *La Vie matérielle. Marguerite Duras
parle à Jérôme Beaujour*』가 출간된다. 제롬 보주르와의 인터
뷰에서 출발한 이 책은 뒤라스가 중요시해온 일상적이고
도 문학적인 다양한 주제를 담고 있다. 8월, 뒤라스는『연
인』을 각색해 시나리오를 쓰고, 클로드 베리가 이 작품의
영화 판권을 산다. 10월, 미뉘에서『에밀리 L. *Emily L.*』이
출간된다. 10~11월, 뒤라스는 다시 입원한다.

1988년   10월, 라에네크병원에 다시 입원한다.

1989년   2월, 4개월여의 혼수상태에서 깨어난다.

1990년   1월, P.O.L.에서『여름비 *La Pluie d'été*』가 출간된다. 동화
『아! 에르네스토』와 영화〈아이들〉의 연장선상에서 쓰인
책이다. 10월, 뒤라스의 전남편이자 생브누아가 모임의
주축이었던 앙텔므가 사망한다.

1991년   6월, 갈리마르에서『북중국에서 온 연인 *L'Amant de la Chine
du Nord*』이 출간된다.『연인』을 다시 쓴 이 작품은 영화적

내러티브와 소설적 텍스트의 중간에 있는 작품으로, 처음 엔 장자크 아노 감독이 준비중이던 영화의 대본으로 여겨 졌다. 12월, 마침내 베를린 샤우뷔네극장에서 밥 윌슨이 〈죽음의 병〉을 무대에 올린다. 하지만 뒤라스는 이 작품 의 희곡 각색 작업을 포기하지 않고 계속 이어간다.

1992년 1월, 장자크 아노 감독의 〈연인〉이 개봉한다. 영화는 성 공적이었지만, 뒤라스는 인터뷰에서 가시 돋친 말로 영화 에 대한 비판적 입장을 내비친다. 6월, P.O.L.에서 『얀 앙 드레아 슈타이너*Yann Andréa Steiner*』가 출간된다. 뒤라스는 1980년 여름 트루빌로 자신을 찾아온 삶의 새로운 동반 자에 대해 이야기한다.

1993년 9월, 갈리마르에서 『쓰다*Écrire*』가 출간된다. 이전 해 11월 아르테에서 방영된 영화감독 브누아 자코와의 대담을 다 듬은 텍스트 다섯 편이 실렸다. 11월, P.O.L.에서 『바깥 세상. 아웃사이드 2*Le Monde extérieur. Outside 2*』가 출간된다. 1962~1993년 뒤라스가 쓴 57개의 다양한 텍스트가 실 렸다.

1995년 10월, P.O.L.에서 『이게 다예요*C'est tout*』가 출간된다. 얀 앙드레아가 1994년 2월부터 1995년 8월까지 받아적은 뒤라스의 말을 모았다.

1996년 3월 3일, 생브누아가의 아파트에서 눈을 감는다. 시신은 몽파르나스묘지에 안장된다. 이후 3월 말, 마르발출판사 에서 『글로 쓰인 바다*La Mer écrite*』라는 얇은 책이 출간된다. 엘렌 방베르제가 트루빌에서 찍은 사진을 바탕으로 뒤라스가 쓴 짧은 텍스트들을 묶은 책이다.

* 다음의 플레이아드판 마르그리트 뒤라스 전집을 참조했다: Marguerite Duras, *Œuvres complètes*, édition publiée sous la direction de Gilles Philippe, Gallimard, coll. Bibliothèque de la Pléiade, t. I~IV, 2011~2014. 이 전집 책임편집자 질 필립은 전집 편찬에 참여한 연구자들의 면밀한 검토와 더불어 다음 두 저서에 기초해 이 연보를 작성했음을 밝히고 있다: Jean Vallier, *C'était Marguerite Duras*, t. I et II, Fayard, 2006, 2010; Robert Harvey, Bernard Alazet et Hélène Volat, *Les Écrits de Marguerite Duras. Bibliographie des œuvres et de la critique*, 1940~2006, IMEC, 2009.

지은이 **마르그리트 뒤라스(Marguerite Duras, 1914~1996)**

본명 마르그리트 도나디외. 1914년 베트남 사이공 근교 지아딘에서 태어나, 수학
교사였던 아버지와 초등학교 교사였던 어머니, 그리고 두 오빠와 함께 프랑스령
인도차이나에서 유년시절을 보낸다. 1932년 대학 입학과 함께 프랑스에 정착했
고, 1939년 첫번째 남편 로베르 앙텔므와 결혼한다. '뒤라스'라는 필명으로 첫 소
설 『철면피들』(1943)을 출간한다. 이차대전중에는 프랑수아 미테랑과 함께 레지
스탕스로서, 1950년대에는 열렬한 공산주의자로서 현실 정치에 적극적으로 참여
하며, 알제리전쟁 반대운동과 68혁명 등 프랑스 현대사의 현장에도 함께한다.
1950년대 말 누보로망과 결부되기도 했던 뒤라스는, 특유의 반복과 비정형적인
문장으로 통속성과 서정성을 뒤섞어 자기만의 글쓰기 영역을 구축해간다. 여러
작품을 통해 주로 부재와 사랑, 고통과 기다림, 글쓰기와 광기, 여성성과 동성애의
기이한 결합 등을 묘파해 보인다. 『태평양을 막는 방파제』(1950), 『모데라토 칸타
빌레』(1958), 『롤 V. 슈타인의 황홀』(1964), 『부영사』(1966) 등의 소설을 비롯해,
『공원』(1955), 『히로시마 내 사랑』(1958) 등 다수의 희곡과 시나리오를 썼으며,
자신이 직접 감독하고 촬영한 〈나탈리 그랑제〉(1972), 〈인디아 송〉(1973), 〈오렐
리아 슈타이너〉(1979) 등을 통해 영화사에도 중요한 발자취를 남겼다. 1980년부
터 함께한 삶의 동반자 얀 앙드레아와의 관계를 바탕으로 『죽음의 병』(1982), 『파
란 눈 검은 머리』(1986), 『에밀리 L.』(1987) 등의 작품을 집필한다. 『연인』(1984)
으로 공쿠르상을 수상하며 세계적으로 큰 명성을 얻는다. 이후 마지막 작품 『이게
다예요』(1995)를 출간한 이듬해 1996년 3월 3일, 파리에서 세상을 뜬다.

옮긴이 **김현준**

고려대학교에서 불어불문학을 전공하고, 동 대학원에서 루이 아라공 연구로 석사
학위를 받았다. 현재 박사과정을 밟으며 다다, 초현실주의 등의 아방가르드 예술
장과 모델소설의 관계를 통해 1920년대 프랑스 소설의 변화 양상을 살피는 연구
를 진행중이다.

파란 눈 검은 머리

1판 1쇄 2020년 7월 10일
1판 2쇄 2020년 9월 29일

지은이 마르그리트 뒤라스 | 옮긴이 김현준 | 펴낸이 염현숙
책임편집 송지선 | 편집 박아름 홍상희
디자인 신선아 유현아 | 저작권 한문숙 김지영 이영은
마케팅 정민호 이숙재 양서연 박지영
홍보 김희숙 김상만 지문희 김현지
제작 강신은 김동욱 임현식 | 제작처 한영문화사(인쇄) 신안문화사(제본)

펴낸곳 (주)문학동네
출판등록 1993년 10월 22일 제406-2003-000045호
주소 10881 경기도 파주시 회동길 210
전자우편 editor@munhak.com | 대표전화 031) 955-8888 | 팩스 031) 955-8855
문의전화 031) 955-3578(마케팅) 031) 955-2686(편집)
문학동네카페 http://cafe.naver.com/mhdn | 트위터 @munhakdongne
북클럽문학동네 http://bookclubmunhak.com

ISBN 978-89-546-7316-7 03860

잘못된 책은 구입하신 서점에서 교환해드립니다.
기타 교환 문의: 031-955-2661, 3580

www.munhak.com